念楼学短

钟叔河自题

第一册

中华书局

序

杨绛

上个世纪的八十年代，钱锺书曾主动为钟叔河先生的《走向世界》一书写过一篇序文。那时的钱锺书才七十五岁，精力充沛。《走向世界》一书是促使国人向前看。

时光如水，不舍昼夜地流逝。二十年过去了。世事也随着变易。叔河先生这回出版念楼学短广合集，当求书价便宜，让学生买得起。他现在是向钱看了。他要我为这部集子也写一篇序。可是一转瞬间，我已变成年近百岁的老人。老人腕弱，要提笔写序，一支笔是有千斤重

啊！可是"双序珠玉交辉"之说，颇有诱惑力。反正我实事求是，只为这部合集说几句恰如其份的话。《念楼学短》合集，选题好，翻译的句说好，注释好，批语好，读了能增广学识，读来又趣味无穷。不信，只要试读一篇两篇，就知此言不虚。多言无益，我这几句话，尔有千钧之重呢！

二千零九年六月十二日

自序

鍾叔河

【一】

　　學其短，是學把文章寫得短。寫得短當然不等於寫得好，但即使寫不好，也可以短一些，彼此省時省力，功德無量。

　　漢字很難寫，尤其是刀刻甲骨，漆書竹簡，不可能像今天用電腦，幾分鐘就是一大版。故古文最簡約，少廢話，這是老祖宗的一項特長，不應該輕易丟掉。

　　我積年抄得短文若干篇，短的標準，是不超過一百個漢字，而且必須是獨立成篇的。現從中選出一些，略加疏解，交《新聞出版報》陸續發表。借用鄭板橋的一句話：「有些好處，大家看看；如無好處，糊窗糊壁、覆瓿覆盎而已。」如今不會用廢紙糊窗糊壁封罈蓋碗了，就請讀者將其往字紙桶裏一丟吧。

　　　　　　　　　　　　　　一九九一年八月二十日於長沙

（首刊一九九一年九月一日《新聞出版報》）

【二】

　　《學其短》幾年前在北京報紙上開專欄時，序言中說：「即使寫不好，也可以短一些，彼此省時省力，功德無量。」這當然是有感而發。因為自己寫不好文章，總嫌囉唆拖沓，既然要來「學其短」，便不能不力求其短，這樣稿費單上的數位雖然也短，庶可免王婆婆裹腳布之譏焉。

　　此次應《出版廣角》月刊之請，把這個專欄續開起來，體例還是照舊，即只介紹一百字以內的文章，而且必須是獨立成篇的。也還想趁此多介紹幾篇純文學以外的文字，因為我相信，有很多人和我一樣，常親近文章，卻未必敢高攀文學。

　　學其短，當然是學古人的文章。但古人遠矣，代溝隔了十幾代，幾十代，年輕人可能不易接近。所以便把我自己是如何讀，如何理解的，用自己的話寫下來。這些只是我自「學」的結果，頂多可供參考，萬不敢叫別個也來「學」也。

一九九八年十二月十日於長沙

（首刊一九九九年《出版廣角》第一期）

【三】

「學其短」從文體着眼，這是文人不屑為，學人不肯為的，我卻好像很樂於為之。自己沒本事寫得長，也怕看「講大道理不怕長」的文章，這當然是最初的原因；但過眼稍多，便覺得看文亦猶看人，身材長相畢竟不最重要，吸引力還在思想、氣質和趣味上。

「學其短」所選的古文，本是預備給自己的外孫女兒們讀的。如今課孫的對象早都進了大學，而且沒有一個學文的，服務已經失去了對象。我自己對於古文今譯這類事情其實並無多大興趣，於是便決定在舊瓶中裝一點新酒。——不，酒還應該說是古人的酒，仍然一滴不漏地裝在這裏；不過寫明「念樓」的瓶子裏，卻由我摻進去了不少的水，用來澆自己胸中的壘塊了，即標識為「念樓讀」尤其是「念樓曰」的文字是也。

這正像陶弘景所說的，「只可自怡悅，不堪持贈君」。借題發揮雖然不大敢，但箭在弦上不得不發時，或者也會來那麼兩下吧。

二〇〇一年六月十一日於長沙城北之念樓

（首刊二〇〇一年六月十九日《文匯報・筆會》）

【四】

「學其短」十年中先後發表於北京、南寧和上海三地報刊時，都寫有小序，此次略加修改，仍依原有次序錄入，作為本書序言。要說的話，歷經三次都已說完，自己認為也說得十分清楚了。

三次在報刊上發表時，專欄的名稱都是「學其短」，這次卻將書名叫做「念樓學短」。因為「學其短」學的是古人的文章，不過幾十百把個字一篇，而「念樓讀」和「念樓曰」卻是我自己的文字，是我對古人文章的「讀」法，然後再借題「曰」上幾句，只能給想看的人看看，文責自負，不能讓古人替我負責。

關於念樓，我曾經寫過一篇文章，最後一句是這樣說的：

「樓名也別無深意，因為——念樓者，即廿樓，亦即二十樓也。」

二○○二年六月四日

（首刊二○○二年湖南美術出版社《念樓學短》一卷本）

【五】

「學其短」標出一個「短」字，好像只從文章的長短着眼，原來在報刊上發表時，許多人便把它看成古文短篇的今譯了。這當然不算錯，因為我拿來「讀」和「曰」的，都是每篇不超過一百字的古文，又是我所喜歡，願意和別人共欣賞的。誰若是想讀點古文，拿了這幾百篇去讀，相信不會太失望。

可是我的主要興趣卻不在於「今譯」，而是讀之有感，想做點自己的文章。這幾百篇，與其說是我譯述的古文，不如說是我作文的由頭；雖說太平盛世無須「借題發揮」，但借古人的酒杯，澆胸中的壘塊，大概也還屬於「夫人情所不能止者，聖人弗禁」的範圍吧！

當然，既名「學其短」，對「學」的對象自然也要尊重，力求不讀錯或少讀錯。在這方面，自問也是盡了力的，不過將「貶謫」釋讀成「下放」的情況恐仍難免。雖然有人提醒，貶謫是專制朝廷打擊人才的措施，下放是黨和人民政府培養幹部的德政，不宜相提並論。但在我看來，二者都是人從「上頭」往「下頭」走，從「中心」往「邊緣」挪。不同者只是從前聖命難違，不能不「欽此欽遵」剋期上路；後來則有鑼鼓相送，還給戴上了大紅花，僅此而已。於是興之所至，筆亦隨之，也就顧不得太多了。

二〇〇四年元旦

（首刊二〇〇四年安徽教育出版社《學其短》一卷本）

【六】

二〇〇二年由湖南美術出版社初版的《念樓學短》一卷本，只收文一百九十篇。此次將在別處出版和以後發表於各地報刊上的同類短文加入，均按《念樓學短》一卷本的體例和版式作了修訂，以類相從編為五十三組，分為五卷，合集共計五百三十篇。

抄錄短文加以介紹的工作，事實上是從一九八九年夏天開始的，說是為了課孫，其實也有一點學周樹人躲進紹興縣館抄古碑的意思。一眨眼二十年過去，我已從「望六」進而「望八」，俟河之清，人壽幾何，真不禁感慨繫之。

《念樓學短》的本意，當然是為了向古人學短，但寫的時候，就題發揮或借題發揮的成分越來越多，很大一部分都成了自己的文章。我的文章頂多能打六十分，但意思總是誠實的。此五卷合集，也妄想能和八五年初版的拙著《走向世界》一樣，至今已四次重印，得以保持稍微長點的生命。《走向世界》書前有錢鍾書先生一序，這次便向楊絳先生求序，希望雙序珠玉交輝，作為永久的紀念。九十九歲高齡的楊絳先生身筆兩健，惠然肯作，這實在是使我高興和受到鼓舞的。

二〇〇九年六月十日

（首刊二〇一〇年湖南美術出版社《念樓學短合集》）

二一

【七】

《念樓學短》(《學其短》)每回面世，都有一篇自序，這回已是第七篇；好在七篇加起來不過三千五百字，平均五百字一篇，還不太長。

《念樓學短》和《學其短》，開頭都是一卷本，後來合二為一，一卷容納不了五百三十篇文章（雖然都是短文），於是成了合集五卷本。至今五卷本已經印行三次，銷路越來越廣，印數越來越多；有的讀者又覺得五卷本有些累贅。

從本版起，《念樓學短》將分上下卷印行，五卷本成了兩卷本，但內容五十三組五百三十篇仍然依舊，只將各組編排次序略予調整。比如將「蘇軾文十篇」「陸游文十篇」調整到「張岱文十篇」「鄭燮文十篇」一起，以類相從，也許會更妥帖一些。

八十年前見過一本清末外國傳教士編印的書，將《聖經》中同一段話，用各種文字翻譯出來，各佔一頁，只有中國文言文的譯文最短。我說過，我們的古文「最簡約，少廢話，這是老祖宗的一項特長，不應該輕易丟掉」。但老祖宗的時代畢竟是過去了，社會和文化畢竟是在進步。我們要珍重前人的特長，更要珍重現代化對我們的要求和期待，這二者是可以很好地結合起來的，我以為。

二〇一七年於長沙，時年八十六歲

（首刊二〇一八年湖南美術出版社《念樓學短》兩卷本）

目錄

論語十篇

孟子九篇

檀弓十篇

左傳八篇

國語九篇

戰國策十篇

奏對十四篇

箴銘九篇

● 書序十四篇

文論九篇

詩話九篇〔王士禎〕

論語十篇

師生之間

[各言爾志]

顏淵季路侍。子曰:「盍各言爾志?」子路曰:「願車馬衣裘與朋友共,敝之而無憾。」顏淵曰:「願無伐善,無施勞。」子路曰:「願聞子之志。」子曰:「老者安之,朋友信之,少者懷之。」

‖ 論語 ‖

◎ 本文錄自《論語·公冶長》。《論語》是孔子的語錄,共二十篇,每篇分為若干章(本書統一稱篇)。
◎ 孔子,春秋時魯國陬邑(今山東曲阜東南)人,名丘,字仲尼。
◎ 顏淵名回,季路(子路)姓仲名由,都是孔子的學生。
◎「車馬衣裘」,「裘」字前諸本均有「輕」字,阮元、錢大昕認為是後人錯加的,從刪。

念樓讀

顏淵和子路陪侍在孔子身旁，孔子對他倆道：「隨便談談各人的志願好嗎？願意怎樣地生活？願意成為一個甚麼樣的人？」

子路道：「我願意真心慷慨地對待朋友，自己的車馬和好衣裳都拿來和朋友一起用，用壞了穿舊了也不在乎。」

顏淵道：「我願意做個謙遜的人，不誇耀自己的優點，不張揚自己的成績。」

子路反過來對孔子道：「請先生也談談自己的志願。」

孔子道：「惟願老年人和我在一起能過得安詳，朋友們和我在一起能互相信任，少年人和我在一起以後還能想起這段時光。」

念樓曰

孔子曾經被法定為最偉大的導師，是官方明令崇拜的偶像，所以後來才要打倒孔家店。其實他本是蘇格拉底、柏拉圖一流，若不被包裝成大成至聖的金身，原可在思想史上佔一席，不至於死屍還要從墳墓裏被拖出來燒灰。

《論語》中我最喜歡「公西華侍坐」一章，不但「浴乎沂，風乎舞雩，詠而歸」的描寫動人，師生之間亦即教育者和被教育者之間，提倡自由地「各言爾志」，平等地進行討論，此在今日亦屬不可多得。可惜的是它篇幅較長，故取此章。

孔子身為導師而不說大話，最為可取。

逝 者 如 斯

●**學**其短

[子在川上]

子在川上曰：「逝者如斯夫！不捨晝夜。」

‖ 論語 ‖

◎ 本文錄自《論語・子罕》。

念樓讀

孔子站在河岸上，眼望着奔流不斷的河水，不禁感歎道：

「要過去的，就這樣一去不回頭地過去了，沒日沒夜的啊！」

念樓曰

李澤厚著《論語今讀》，說「這大概是全書中最重要的一句哲學話語」（原文如此）。我很慚愧，不懂哲學，對於「哲學話語」知道應該尊重，卻不大想去親近，因為它們總使我覺得太玄了。事物和生活本來是明白和生動的，自有其意思和趣味，多少總能理解一點；若是經過哲學家一分析一提高，頭腦簡單如我者，往往反而不知所云。

我以為孔子是一位仁人，也可以稱之為智者，卻不是今人所謂的哲學家，雖然二者都是 philosopher。

《論語》中的孔子不像他被供在聖堂上的樣子，更不像他後世的徒子徒孫。「逝者如斯」這句話流露出的無常之感，普通人觸景生情時總也有過，讀到它便會想到，原來二千五百年前的老夫子也有同我們一樣的感受和情思，從而覺悟到人性的永恆和偉大。而他老人家把話說得這麼精煉這麼好，不要說我自己說不出，就是「大江流日夜」「不盡長江滾滾來」等名句比起來也不免遜色。於此又可見智慧的力量的確可以超越時空，逝者如斯，唯思想能長在耳。

奪不走的

ℋ其短

[不可奪志]

子曰：「三軍可奪帥也，匹夫不可奪志也。」

‖ 論語 ‖

◎ 本文錄自《論語·子罕》。

念樓讀

孔子道：「三軍司令的指揮權，是能夠被剝奪的；人的思想和意志，即使是一個普通的人，只要他有自信，能堅持，那也是無法剝奪，奪不走的。」

念樓曰

舊小說寫「老匹夫」，是在罵人。常說的「匹夫之勇」也含貶義。直到讀寶應劉氏父子的《論語正義》：

> 匹夫者，《爾雅·釋詁》：「匹，合也。」《書·堯典·疏》：「士大夫已上，則有妾媵；庶人無妾媵，惟夫妻相匹。其名既定，雖單，亦通謂之匹夫匹婦。」

才明白，原來匹夫便是無權勢無力量蓄妾侍（小蜜、二奶……）的平頭百姓。

如果相信「天賦人權」，則人人生而平等，都有獨立的人格、自由的思想，都有發表意見、堅持意見的權利。古人所云立志、持志、不可奪志，意思也差不多，但多半只是理想。因為在東方歷史上專制政治的現實中，不要說匹夫，就是卿士大夫，要堅持自己不同於君王的意志和意見，也很難很難，是要付出很大代價的。

時至現代，情況當然不同了。梁漱溟要堅持自己的意見，中央人民政府委員當不了，還可以當政協委員；小汽車沒得坐了，還可以坐三輪車。後來他又拒絕批林批孔，還真的說了「匹夫不可奪志」的話，可算是絕無僅有的老匹夫了。

甚麼最重要

學其短

[子貢問政]

子貢問政。子曰:「足食足兵,民信之矣。」子貢曰:「必不得已而去,於斯三者何先?」曰:「去兵。」子貢曰:「必不得已而去,於斯二者何先?」曰:「去食。自古皆有死,民無信不立。」

| 論語 |

◎ 本文錄自《論語‧顏淵》。
◎ 子貢姓端木,名賜,是孔子的學生。

⬤念樓讀

子貢問怎樣才能使國家穩定，孔子道：「要有充足的糧食儲備，要有強大的武裝力量，還要有廣大人民的信任。」

「若不能同時保證這三項條件，怎麼辦？」

「寧可削弱武裝力量。」

「若是仍不能兼顧，又怎麼辦？」

「寧可減少糧食儲備。」孔子道，「可能會因缺糧死人，但人總難免要死；失去了人民的信任，政府必垮，國家必亂，死人只會更多。」

⬤念樓曰

孔子講仁。《中庸》云：「仁者人也。」鄭玄注：「讀如相人偶之人。」「相人偶」語出《儀禮》，意為人與人平等相親。阮元云：「必人與人相偶而仁乃見。」仁就是要推己及人，視人猶己，就是講人道主義。

講仁，就要把人放在第一位。故廄中失火，孔子只問「傷人乎」，不問馬。可是這裏又說「自古皆有死」，難道孔子也認為，既然死人的事情是經常發生的，那麼死一些人便無足輕重，即使死掉幾個億，不是還有幾個億嗎？

我想孔子的本意決非如此，而是強調必須先得到人民的信任，統治才能合法。強加給人民的統治，它造成的痛苦和死亡，會比遭災荒更多。

維持統治的一切條件中，人民的信任是最最重要的。孔子的政治思想，這一點最為正確。

君臣父子

學其短

[齊景公問政]

齊景公問政於孔子。孔子對曰:「君君,
臣臣,父父,子子。」公曰:「善哉。信如
君不君,臣不臣,父不父,子不子,雖有
粟,吾得而食諸?」

‖ 論語 ‖

◎ 本文錄自《論語·顏淵》。
◎ 齊景公是公元前五四七至前四九○年間齊國的國君,孔子於
前五一七年到齊國見過他。

念樓讀

齊景公問孔子：「理想的政治社會秩序，應該是怎樣的呢？」

孔子答道：「君王就應該要像個君王，臣子就應該要像是臣子，父親就應該要像個父親，兒子就應該要像是兒子。」

「講得好啊，」齊景公聽了以後道，「講真的，如果做君王的不像君王，做臣子的不像臣子，做父親的不像父親，做兒子的不像兒子，國家即使再富足，我又怎麼會有好日子過呢？」

念樓曰

君臣之稱，現在已變為領導與被領導者，不好類比了。父子之稱則至今未變，卻常聽到父親埋怨兒子不像話：「他倒是成了我的爺，我硬是在跟他做崽。」真父不父，子不子矣。

原說「君君，臣臣，父父，子子」是舊倫常，革命要破舊秩序，不能容它。其實孔子那時並非革命時代，並沒有革命者。和孔子爭奪過生源的少正卯，五條罪狀也沒一條是犯上作亂即革命。盜跖「日殺不辜，肝人之肉」，亦並未殺父殺君，因為國君被殺會有記載，他自己的老太爺也就是大名人柳下惠的父親，如被殺也會有記載，做叉燒肝的原料還是小小老百姓。

我沒正式為過臣，更沒為過君，難言君臣之事。為子和為父卻稍有經驗，憑良心講，還是覺得「父父，子子」的好，不願意「父不父，子不子」。

偏激和清高

學其短

[必也狂狷乎]

子曰：「不得中行而與之，必也狂狷乎。狂者進取，狷者有所不為也。」

‖ 論語 ‖

◎ 本文錄自《論語‧子路》。

念樓讀

孔子說：「與人共事，能找到思想不左不右，言行不激不隨的人，那是最理想的；若是找不到，就寧願找偏激一點、清高一點的人了。偏激的人，起碼他還有活力，有追求；清高的人，至少不會無所不為、太不要臉。」

念樓曰

孔子最欣賞中行，就是行中道，不左不右。但中行絕不是無個性無原則地「跟風」，這從孔子對狂狷的態度看得出來。

除了中行，孔子便寧取狂狷，深惡痛絕的（用朱熹的話形容）卻是鄉愿。何謂鄉愿？朱注云：「謂謹愿之人也，故鄉里所謂愿人，謂之鄉愿。」那麼，孔子為甚麼要深惡痛絕地稱「謹愿之人」為「德之賊」，而寧願找偏激清高的人呢？對於這個問題，孟子的答覆是：

非之無舉也，刺之無刺也。同乎流俗，合乎污世。居之似忠信，行之似廉潔。眾皆悅之，自以為是，而不可與入堯舜之道。故曰，德之賊也。

第一句說找不出他甚麼毛病，第三、四句說考察沒發現問題，羣眾意見更是一致說好，就該進班子了。看來孔子恨的只是他「同乎流俗，合乎污世」，狂狷可取的也只有不同和不合這兩點。

前幾十年，右的左的都吃了虧，狂狷者被整得更慘，受益最多的，正是「眾皆悅之」的鄉愿，現在的情形恐怕仍是如此。

忠不忠

學其短

[論管仲]

子貢曰:「管仲非仁者與?桓公殺公子糾,不能死,又相之。」子曰:「管仲相桓公,霸諸侯,一匡天下,民到於今受其賜。微管仲,吾其被髮左衽矣。豈若匹夫匹婦之為諒也,自經於溝瀆,而莫之知也?」

‖ 論語 ‖

◎ 本文錄自《論語・憲問》。

◎ 管仲,原與召忽同佐齊公子糾。公子糾與公子小白爭位,管仲奉命伏擊小白,射中帶鈎。後小白得勝,即位為齊桓公。公子糾、召忽均被殺,管仲卻因鮑叔牙之薦做了齊桓公的大臣。

◎ 與,同「歟」。

⬤念樓讀

　　子貢道：「管仲恐怕不能算是行仁義的人吧？齊桓公殺了管仲的主公公子糾，管仲並沒有以身殉主，反而做了桓公的臣子，幫助他統治齊國。」

　　孔子卻不以為然，說：「管仲輔佐齊桓公，使齊國強大，齊桓公成為諸侯的領袖。各國的政治經濟因此而得到發展，人民至今還在享受他的好處。假如沒有管仲，華夏很可能會遭異族侵凌，我如今只怕也會披頭散髮，穿遊牧民族的衣服了。難道個人為了對主子表忠信，便可以不顧天下人的利益，一索子吊死在山溝溝裏頭，不明不白地去做主子的殉葬品嗎？」

⬤念樓曰

　　孔子說過「臣事君以忠」，但這是以「君使臣以禮」為條件的。如果君使（支使）臣不以禮（不合乎道德規範，不符合人民利益），則臣事君亦不必忠。他並沒有提倡無條件服從，沒有提倡愚忠。

　　其實，即使君無失禮，臣亦未必非得為之盡忠。公子糾失國，非由於失禮失德，而由於對手太強，孔子卻仍能原諒管仲的不死。這裏有一個最重要的原因，就是管仲留下自己一條命以後，為齊國和天下的百姓做了好事，「民到於今受其賜」。看來，忠不忠，要看對人民盡沒盡心，不能只看對「主公」盡不盡節。

何必使勁敲

學其短

［荷蕢者］

子擊磬於衞，有荷蕢而過孔氏之門者，曰：「有心哉，擊磬乎！」既而曰：「鄙哉，硜硜乎！莫己知也，斯己而已矣。『深則厲，淺則揭。』」子曰：「果哉，末之難矣。」

‖ 論語 ‖

◎ 本文錄自《論語·憲問》。
◎ 「深則厲，淺則揭」是《國風·匏有苦葉》中的句子。

念樓讀

孔子居留衛國時，有次在擊磬作樂，一個背草包的人從門前過，正好聽見了清亮的磬聲。

「聽這敲磬的聲音，是有心要別人欣賞的吧。」背草包的人說道，「把這磬敲得噹噹響，好像在說：『沒人知道我呀，沒人知道我呀！』豈不有些可鄙麼。

「沒人知道自己，也就罷了，何必如此使勁地去求呢？不是有兩句這樣的歌謠麼：

河水深，過河不怕打濕身；河水乾，紮起褲腳走淺灘。

也不看看現在是一河甚麼樣的水，就值得你這樣捨生忘死地想去投入麼？」

「他也太武斷了。」孔子聽到這些話以後，說道，「不過，若要我去說服他，只怕也難呢。」

念樓曰

《論語》記載了門人弟子對孔子的許多稱頌，也記載了持不同意見者對孔子的不少批評，並未削而不錄。

孔子當時已有很高的聲望。「仲尼日月也，無得而逾焉。」「夫子之不可及也，猶天之不可階而升也。」對他夠崇拜的了。但崇拜者多是弟子門人，孔子仍只是導師而非領袖，沒有被戴上「紙糊的假冠」，誰都碰不得，背草包的講他幾句亦無妨，這是孔子的一大優點。

阿 鯉

學其短

［陳亢問伯魚］

陳亢問於伯魚曰：「子亦有異聞乎？」對曰：「未也。嘗獨立，鯉趨而過庭，曰：『學《詩》乎？』對曰：『未也。』『不學《詩》，無以言。』鯉退而學《詩》。他日又獨立，鯉趨而過庭，曰：『學《禮》乎？』對曰：『未也。』『不學《禮》，無以立。』鯉退而學《禮》。」聞斯二者，陳亢退而喜，曰：「問一得三。聞《詩》，聞《禮》，又聞君子之遠其子也。」

‖ 論語 ‖

◎ 本文錄自《論語·季氏》。
◎ 陳亢是孔子的學生，字子禽。
◎ 伯魚名鯉，是孔子的兒子，也是孔子的學生。
◎《詩》即《詩經》，《禮》指《儀禮》，皆孔子所編訂，用以教授。

念樓讀

孔子的兒子阿鯉，和陳亢他們同在孔子門下讀書。

有回陳亢問阿鯉：「老師也教了你一些沒有給我們大家講過的東西嗎？」

阿鯉答道：「沒有啊。有次父親一個人站在院子裏，見到我快步走過，只問：『讀了《詩》麼？』我答說：『沒有。』『不讀《詩》，沒法學寫作呢。』出來後我就讀了《詩》。

「有次他又一個人站在院子裏，見到我快步走過，又問：『讀了《禮》麼？』我答說：『沒有。』『不讀《禮》，不會懂規矩呀。』出來後我就讀了《禮》。

「他單獨對我說的就是這兩次，對大家不也是講的這些麼？」

聽了孔鯉的回答，陳亢高興地說道：「我這一問，有了三個收穫：知道了該學《詩》，知道了該學《禮》，還知道了高尚的人不會特殊照顧自己的兒子。」

念樓日

本章記錄對話十分生動，至今仍然符合人們的語言習慣。金聖歎評《水滸傳》瓦官寺和尚道：

「師兄請坐，聽小僧⋯⋯」智深睜着眼道：「你說你說。」「⋯⋯說，在先敝寺⋯⋯」

以為「章法奇絕，從古未有」。其實孔門弟子在這裏記錄對話，同樣省去了主語，《水滸傳》的章法，不是從古未有，而是古已有之。

瘋子的歌

學其短

［楚狂接輿］

楚狂接輿歌而過孔子曰：「鳳兮鳳兮，何德之衰？往者不可諫，來者猶可追。已而已而，今之從政者殆而！」孔子下，欲與之言。趨而辟之，不得與之言。

‖ 論語 ‖

◎ 本文錄自《論語・微子》。
◎ 接輿，楚國人，是佯狂避世的隱士。
◎ 辟，通「避」。

念樓讀

　　楚國人接輿，看上去有點瘋瘋癲癲，人稱其為「楚瘋子」。有次他特地從孔子的車旁走過，嘴裏唱着自己編的歌：

　　鳳凰呀鳳凰，請看看這世界成了個甚麼名堂。

　　過去的已經沒法挽救，未來的還來得及商量。

　　剎車吧，趕快剎車吧！做官的絕沒有好下場。

　　孔子聽了，連忙下車，想和他談談；接輿卻急急忙忙走開了，孔子沒有能夠和他談。

念樓曰

　　這個「楚瘋子」和上文中那位背草包的，以及長沮、桀溺、荷蓧丈人、晨門者……都是散居於田野或市井中的隱者。他們的觀點多接近道家（《莊子》中便記有接輿的言行，包括歌鳳兮這件事），跟當權者不合作，對（儒家的）主流思想不認同，覺得孔子恓恓惶惶地東奔西跑犯不着，總想喊醒他。這是出於惺惺惜惺惺的好意，孔子對此完全理解，亦能報之以同情。

　　這是在「黃金時代」裏才有的現象。後來思想漸「定於一」，孔子被塑造成正統思想的偶像。偉大的導師、偉大的領袖兼於一身，百家變成了兩家，絕對正確的當然要戰勝絕對不正確的，文化思想交由專政機關處理，此種自由的批評、平等的討論便不復可見。

孟子九篇

尷尬的王

⬤學其短

［王顧左右］

孟子謂齊宣王曰：「王之臣，有託其妻子於其友而之楚遊者，比其反也，則凍餒其妻子，則如之何？」王曰：「棄之。」曰：「士師不能治士，則如之何？」王曰：「已之。」曰：「四境之內不治，則如之何？」王顧左右而言他。

‖孟子‖

◎ 本文錄自《孟子·梁惠王下》。《孟子》為孟子及其門人所作，共七篇（各篇又分為上、下），篇以下分章（本書統一稱篇）。

◎ 孟子，名軻，字子輿，戰國時鄒地（今山東鄒城）人。

◎ 齊宣王是公元前三一九年至前三〇一年間齊國的王。

念樓讀

　　孟子見齊宣王時，對宣王道：「假如大王的臣民中，有人要到楚國去，行前拜託朋友照顧家小。等到他回來，卻見到妻兒在挨餓受凍。大王看他對這位朋友該怎麼辦？」

　　宣王答道：「馬上絕交，不要這樣的朋友。」

　　又問：「管人的頭頭管不了手下的人，該怎麼辦？」

　　宣王答道：「撤他的職，停止他的工作。」

　　又問：「整個國家的政治腐敗，社會混亂，又該怎麼辦？」

　　這一下宣王尷尬起來了。他望望這邊，望望那邊，支支吾吾把話題扯開了。

念樓曰

　　《史記‧孟子荀卿列傳》開頭就說：

　　孟軻，鄒人也，受業子思之門人。道既通，遊事齊宣王，宣王不能用。

　　「道既通」，就是學問已經很好，至少語言文字的功夫是上乘的，邏輯嚴密，詞鋒犀利，本文就是好例，請他當個「士師」應可勝任。為何「不能用」呢，恐怕正是詞鋒太犀利，弄得「王顧左右」下不來台的緣故。《四書集注》本卷首引宋儒之言曰：

　　孟子有些英氣。才有英氣，便有圭角。英氣甚害事。

　　孟子稱「亞聖」，說話作文帶英氣、有圭角，還「不能用」，這大概就是古代東方的政治和文化。

暴君可殺

學其短

［未聞弒君也］

齊宣王問曰：「湯放桀，武王伐紂，有諸？」孟子對曰：「於傳有之。」曰：「臣弒其君，可乎？」曰：「賊仁者謂之賊，賊義者謂之殘，殘賊之人謂之一夫。聞誅一夫紂矣，未聞弒君也。」

‖ 孟子 ‖

◎ 本文錄自《孟子·梁惠王下》。
◎ 湯是商朝的建立者。夏桀荒淫無道，湯起兵攻桀，大勝，桀出奔，夏遂亡。
◎ 武王是周朝的第一代天子。商紂暴虐，武王會合諸侯伐之，紂兵敗自焚而死。

念樓讀

齊宣王問孟子道：「商湯原來向夏朝稱臣，卻用武力趕走夏桀；周武王本也是商朝的諸侯，卻帶頭起兵攻打紂王。這些是不是真有其事？」

孟子回答道：「史書上是這樣記載的。」

宣王道：「臣子居然敢於犯上，殺掉自己的君王，這難道是允許的嗎？」

「嚴重摧殘人民的君主，是害民的強盜；全靠暴力統治的君主，是專制的暴君；強盜和暴君，都是反人道的罪犯。」孟子道，「只聽說紂這個壞事做絕、天怒人怨的傢伙終於被清算，沒聽說誰殺了自己的君王啊。」

念樓曰

墨索里尼曾是意大利的「領袖」，結果被處死倒吊在街頭。齊奧塞斯庫曾是羅馬尼亞的「總統」，也和老婆同時被槍斃。處死他們，的確沒聽說有誰大聲抗議「弒君」，因為他們雙手早沾滿人民的鮮血，早就是殺人犯。殺人者死，天理昭彰。

法官判死刑，劊子手執法，那是依法殺人，即使法太嚴刑太酷，本人還不至於成殺人犯，要像米洛舍維奇一樣上國際法庭去受審。指揮大兵團作戰，殺敵幾千幾萬，更屬戰爭行為，不由統帥負責。只有夏桀、商紂、墨索里尼這類殘民以逞的獨夫民賊，才會被清算；即如波爾布特能保全首領死在牀上，孟夫子的罵他也是逃不脫的。

暴力無用

學其短

[以德服人]

孟子曰：「以力假仁者霸，霸必有大國。
以德行仁者王，王不待大。湯以七十里，
文王以百里。以力服人者，非心服也，力
不贍也。以德服人者，中心悅而誠服也，
如七十子之服孔子也。《詩》云：『自西自
東，自南自北，無思不服。』此之謂也。」

‖ 孟子 ‖

◎ 本文錄自《孟子·公孫丑上》。
◎ 湯，見頁四八注。
◎ 文王，周武王的父親姬昌，原為商之諸侯。
◎ 七十子，孔子門下才德出眾的學生有七十二人，稱七十二賢
　或七十二子，此係舉其成數。
◎《詩·大雅·文王有聲》：「鎬京辟雍，自西自東，自南自北，
　無思不服，皇王烝哉。」

念樓讀

孟子道：「靠暴力壓服別人，不管旗號多堂皇，口號多漂亮，也是行霸道；在國際關係上行霸道的，必然是大國。

「靠德政吸引人，重視人，一切以人為本的，便是行人道；行人道的，不一定要是大國。商湯起初的領地不過七十方里，周文王也只有一百方里。

「以暴力壓服人，人心是不會服的，不過一時無力抵抗罷了。以德行感化人，人才會心悅誠服。孔子門下的弟子，都敬服孔子。《詩經》歌頌武王建成鎬京，天下歸心，是這樣說的：

從西方到東方，從南方到北方，

人們的心都向着這裏向着中央。

這便是德行感化人的結果啊。」

念樓曰

在動物世界裏，大概完全靠「以力服人」（人在此作代詞用，代表猴、鹿種種）。但是猴子爭王、雄鹿爭偶亦有規則，分勝負後天下便可初定，敗者暫時退避，下一輪再來爭雄，跟美國的民主、共和兩黨差不多。勝者並不「宜將剩勇追窮寇」，非得把對手斬盡殺絕不可。此種自然法則，可能便是初民道德的萌芽。

前蘇聯一把手戈爾巴喬夫新出版的回憶錄中說：「作為達到政治目的的手段，暴力是無用的。」旨哉言乎，難道他也早讀過《孟子》？

偷雞的故事

學其短

［何待來年］

戴盈之曰：「什一，去關市之征，今茲未能。請輕之，以待來年然後已，何如？」孟子曰：「今有人日攘其鄰之雞者，或告之曰：『是非君子之道。』曰：『請損之，月攘一雞，以待來年然後已。』如知其非義，斯速已矣，何待來年。」

‖ 孟子 ‖

◎ 本文錄自《孟子·滕文公下》。
◎ 戴盈之，宋國的大夫。

念樓讀

宋國的大夫戴盈之對孟子道：「要恢復古時的辦法，將農業稅降到十分之一，還要減免市上的關稅，這一時難以做到。只能先將稅率改輕些，來年再徹底改，您看如何？」

孟子沒有作正面的回答，卻給他講了下面這個故事：

「某人有個壞毛病，隔天總要從別人那裏偷一隻雞。後來有人告誡他說：『偷雞這樣的壞事，有品格守規矩的人是不會幹的。』他聽了便說道：『我願意改，先改為每個月偷一隻雞，來年再徹底改正。』」

「既然知道應該改，那麼就快一些改吧，何必等到來年呢。」

念樓曰

孟子之文，最著名的當然是「有為神農之言者許行」一章，氣盛理足，論敵完全無法反駁，讀來跟看魯迅毛澤東的文章一樣過癮，可有時又覺得太霸氣了。即如此篇，譬喻固妙，話亦簡峭，的確是篇好雜文；但減田賦免關稅究係國之大事，要求和停止偷雞一樣喊做到就做到，也未免不很合情理。

《孟子》七篇中佳文甚多，卻少見《論語》「子在川上」「吾與點也」之類有人情味可以當作散文讀的篇章。這和孔子能寬容長沮桀溺，孟子卻要辟楊朱墨翟，或同是一理。

說孟子強詞奪理，我還沒有這膽子，梁啟超《論中國學術思想變遷之大勢》裏卻好像的確是這樣說的。

有毛病

學其短

[人之患]

孟子曰:「人之患,在好為人師。」

‖ 孟子 ‖

◎ 本文錄自《孟子‧離婁上》。

念樓讀

孟子說：「一個人如果一心只想當導師，只想教訓別人，他一定是有毛病了。」

念樓曰

孟子曾說，「君子有三樂」，其一是「得天下英才而教育之」；又曾嚴厲批評過陳相，說他不該「師死而遂倍（背）之」。可見他本是重視教育、提倡尊師的。這也是儒家的傳統。

孟子認為有毛病的，一不是正正經經傳道授業解惑的師。孔墨誨人不倦，是為了理想，為了責任；人們盡可不接受他們的教育，卻不能不予以相當的尊重。二不是老老實實教童子的學堂先生。他們選擇這個職業，是為了養家餬口；即使認白字，好吃，想女人，也頂多被寫入《笑林廣記》，哪有資格上經書？

這裏講的毛病，全在「好為人師」的「好」字上。「好」即是有癮，癮一重，便會產生種種精神症狀。如果只是發花痴，或整天自言自語，倒還罷了。若是成了偏執狂、妄想症，小則像「馬列主義老太太」那樣聒噪難耐；大則如邪教之傳播「經文」，教別人赴湯蹈火；再大的則是洪秀全，發一陣高燒便成了上帝的次子，編出甚麼《原道醒世訓》，硬要「點化」大眾跟他去建立地上的天國。其癥結皆在於自以為是偉大的導師，不聽他的就不行。結果在世上造成無數麻煩，給世人帶來無窮痛苦，毛病大矣。

讀書知人

學其短

［友善士］

孟子謂萬章曰：「一鄉之善士，斯友一鄉
之善士；一國之善士，斯友一國之善士；
天下之善士，斯友天下之善士。以友天下
之善士為未足，又尚論古之人。頌其詩，
讀其書，不知其人可乎？是以論其世也，
是尚友也。」

‖ 孟子 ‖

◎ 本文錄自《孟子·萬章下》。
◎ 萬章，戰國齊人，孟子弟子。
◎ 尚，同「上」。
◎ 頌，同「誦」。

念樓讀

孟子對萬章道：「以學問和品行在本地知名的人，一定會結交本地知名的人；在諸侯王國內知名的人，一定會結交本國以內知名的人；在普天下知名的人，一定會結交普天下知名的人。

「切磋學問，砥礪品行，只靠和朋友交流還不夠，得取法乎上，追隨古時的智者賢人。他們人雖然故去了，他們的思想和著述卻還存在着。讀他們的書，便能接近他們，了解他們的為人和時代，也就等於和他們交了朋友。

「從書中結交古時的智者賢人，可算是最高級的交友方式了。」

念樓曰

古人著書，是為了表達自己的思想感情。太史公「隱忍苟活」，唯一的原因是「恨私心有所不盡」，一定得寫完《史記》，「藏之名山，傳之其人」。要傳的這一點「私心」，便是他的思想感情。二千年後的我們，讀其書，知其人，論其世，猶不能不為之感動，覺得漢武何止「略輸文采」，實乃視臣民如草芥的大暴君。於是我們便和二千年前的太史公有了交流，並從而獲益。

當然，古人之中，也有當官以後「改個號，討個小，刻部稿」的；也有為了當官應制作文，為了得錢賣臉賣文的。這樣的「書」印得再多也難傳世，故我們亦無須為錯交俗物而過慮。

杯水車薪

學其短

[仁之勝不仁]

孟子曰:「仁之勝不仁也,猶水勝火。今之為仁者,猶以一杯水,救一車薪之火也;不熄,則謂之水不勝火。此又與於不仁之甚者也,亦終必亡而已矣。」

‖孟子‖

◎ 本文錄自《孟子・告子上》。

念樓讀

孟子說：「人道主義是人類進步的觀念，它應該能不斷克服不人道的現象，就像水能夠滅火一樣。現在有的地方，不人道的現象普遍地大量地存在，有時口頭上也講講人道主義，卻像端一小杯的水往滿滿一車柴的熊熊大火上潑灑，熄不了火，便說此時還不具備滅火的條件。這其實是在反對人道主義，等於參與和助長不人道的罪行。

「不人道的惡行，終歸是要被人類棄絕，徹底滅亡的。」

念樓日

「人道主義」是一個新詞，我們的古書中沒有它，只有「仁」。但我以為，用「人道主義」譯「仁」是可以的。《說文解字》：

仁，親也，從人從二。

二人者，自己和別人也。將人和己都當作人，不當成異類，相親而不相鬥，此之謂仁，即人道主義。

「四人幫」把人道主義全送給資產階級，只剩下醫院牆上的「革命人道主義」。難道在未革命以前，咱們的祖宗和先人都是行獸道的？蘇聯批判過《第四十一》，嚴責紅軍女戰士當孤島上只剩下她和一個「漂亮的藍眼睛」白軍時，不立刻一槍崩掉他（雖然最後還是崩了），反而和他談戀愛。我想，若此紅軍娭毑離休後當了董事長，白軍也沒有被崩掉，老了從海外回來投資，久別重逢，豈不會成為如今拍電視的好材料麼？

不能盡信書

學其短

[不如無書]

孟子曰：「盡信《書》，則不如無《書》。吾於《武成》，取二三策而已矣。仁人無敵於天下，以至仁伐至不仁，而何其血之流杵也？」

‖ 孟子 ‖

◎ 本文錄自《孟子·盡心下》。
◎《武成》，《尚書·周書》的篇名，記武王伐紂之事。
◎ 策，古書寫在一片片的竹簡上，簡又稱策。
◎ 杵，此處指在石臼中舂搗穀物用的木棒。

念樓讀

孟子道：「專門記載古代歷史的《書經》，也不能完全相信。如果硬要說它絕對正確，沒有半點錯誤，那還不如不要它為好。

「我看《周書・武成》篇，便只取其一部分，因為它寫武王伐紂，有的敘述明顯是誇大了。武王統率的是大行仁義之師，各方響應，征伐的又是不仁不義已極的商紂，絕對孤立，勝負形勢顯然，當然一戰即勝，仁者也決不會好殺。可是它寫牧野之戰『血流漂杵』，意思是戰場上流的血，將舂臼用的木棒都漂浮起來了，這怎麼可能呢？」

念樓曰

《尚書》是「經」，《孟子》後來也是「經」，成為當了領袖又要當導師的專制帝王統一思想的本本，同時又成為考試的科目，抄都不准抄錯一個字，誰還敢質疑它們說得不對。

杵的直徑至少四厘米，使它漂起來恐非血深好幾寸不可。武王伐紂即使用人海戰術，河南的黃土地上要積幾寸深的血，亦斷無可能。那麼《周書》原說得不對，孟子的批評則是對的。

本來經書也是人的著作，有對有錯亦是當然，祖師爺自己有時還能承認，而後世信徒偏要奉為金科玉律，豈不可笑。

「凡是派」早不吃香了，但在八屆二中全會以前，誰又敢說「凡是」不對呢。想到這裏，又無論如何笑不起來了。

民重於國

學其短

［民為貴］

孟子曰：「民為貴，社稷次之，君為輕。是故得乎丘民而為天子，得乎天子為諸侯，得乎諸侯為大夫。諸侯危社稷，則變置。犧牲既成，粢盛既潔，祭祀以時，然而旱乾水溢，則變置社稷。」

‖ 孟子 ‖

◎ 本文錄自《孟子·盡心下》。
◎ 社，土神。稷，穀神。古時設壇廟祭祀社稷，視之為國家的象徵。
◎ 犧牲，宰殺來祭祀神祇的牲畜。
◎ 粢盛，裝在祭器中祭祀神祇的穀物。

念樓讀

孟子道：「人民是首先應當尊重的，國家是第二位要尊重的，至於統治者個人，比較起來，就不那麼特別需要尊重了。

「必須得到人民的信任，才適合當最高的統治者；而只要得到最高統治者的信任，便可以當諸侯；只要得到諸侯的信任，就可以當官吏。最高統治者的重要性尚不及國家的重要性，更何況諸侯和官吏呢？

「所以，如果諸侯的行為危害了國家，便應該換掉他。如果人民作了貢獻，盡了義務，而國政不修，災禍頻仍，便應該改變國家的最高統治者。」

念樓曰

在民國四年北京第一公園（現在的中山公園）掛牌以前，社稷壇的名和實都還存在着，就在天安門旁邊。辛亥革命以前，這裏更是國家的象徵、統治權力的象徵。崇禎皇帝寧死不離京，恪遵「君死社稷」的古訓，便贏得了不少尊敬；而後來的亡國之君，做了日本的乾兒子，又向聯共（布）呈交入黨申請書（結果自然不批准），便只能令人瞧不起了。

批林批孔時說，「民為貴」的民，不包括農奴賤隸，這可能是事實。但比起聯共（布）的政治局委員都無權對斯大林說「不」來，二千三百年前中國之「民」的政治權利，恐怕還要多一點。

檀弓十篇

死後別害人

學其短

［成子高］

成子高寢疾。慶遺入請曰：「子之病革矣，
如至乎大病，則如之何？」子高曰：「吾聞
之也，生有益於人，死不害於人。吾縱生
無益於人，吾可以死害於人乎哉！我死，
則擇不食之地而葬我焉。」

‖ 檀弓 ‖

◎ 本文錄自《禮記・檀弓上》，檀弓本是人名，《禮記》記其言，
　遂以其名作篇章名。
◎ 成子高，春秋時齊國的大夫。
◎ 革，通「亟」，很急迫的意思。

念樓讀

　　成子高病倒了，病勢十分嚴重。慶遺進病房請問他道：「您的病已經不輕了，萬一難得好了，怎麼辦呢？」

　　子高知道這是在徵詢自己對後事的意見，於是對慶遺道：「聽別人說過，一個人活着總要於人有益，死後總要於人無害。我即使活在世上對人沒有多少益處，死後也不能讓墳墓佔掉良田，給後人留下害處呀！你們找一塊不能栽種的地將我埋掉就得啦。」

念樓曰

　　古人重喪葬，統治階級尤其如此，勞民傷財在所不惜。成子高卻是個例外，他不想在自己死後，修墳墓還要佔掉大片有用的土地，認為這是「以死害於人」。他的生死觀，實在遠高於古代大修陵墓的秦皇漢武。更不堪的是自稱唯物主義者的斯大林，死後硬要把水晶棺擺在莫斯科紅場上，佔掉好大一片，過了些年又掘出來燒，折騰來折騰去，都是國庫開支，百姓付出。

　　關於《檀弓》的文章，洪邁謂之「雄健精工，雖楚漢間諸人不能及」；胡應麟稱其「在《左傳》《考工》之上，《公》《穀》所遠不侔」；陳世崇評《沐浴佩玉》一章「迭四『沐浴佩玉』字，而文不繁」，《齊大饑》一章「省二『餓者黔婁』字，而文愈簡」，譽為古人敍事的典範。本篇則不僅文字「精工」，思想更為可取。

想起袁世凱

學其短

［為舊君反服］

穆公問於子思曰：「為舊君反服，古歟？」
子思曰：「古之君子，進人以禮，退人以
禮，故有舊君反服之禮也。今之君子，進
人若將加諸膝，退人若將墜諸淵，毋為戎
首，不亦善乎，又何反服之禮之有？」

‖ 檀弓 ‖

◎ 本文錄自《禮記・檀弓下》。
◎ 子思，即孔伋，孔子之孫。

念樓讀

魯穆公問子思道：「離開原來的君主改投新君的臣子，還為死去的舊君服喪，是古時的規矩嗎？」

子思答道：「古時讀書做官的人，為君主服務時，一切都依規矩；不得已離開君主時，也一切都依規矩，所以依規矩為舊君服喪。如今讀書做官的人，想巴結君主時，可以將身體給他當做坐墊；改換門庭後，又可以反戈一擊，恨不得將他推入萬丈深淵。只要不帶着軍隊殺過來就不錯了，還有甚麼為舊君服喪的規矩可講。」

念樓曰

民國成立後不久，代表清廷下退位詔書，決定「將統治權公諸全國，定為共和立憲國體」的隆裕太后便去世了。民國大總統袁世凱特遣專使弔唁，送了這樣一副輓聯：

后亦先帝之臣，得變法心傳，遂公天下；

禮為舊君有服，況共和手詔，尚在人間。

「禮為舊君有服」出於《孟子》，看來袁世凱還是將隆裕視為舊君，願意為之「盡禮」的，雖然迫使孤兒寡婦「遜國」的也是他。

這已是百年前的舊事了。社會道德觀念的變化，應該說比時間的變化更快，袁世凱若生於今日，恐怕連假惺惺亦不必做，夏壽田、張一麐輩的筆桿子也無須勞煩了。

不過平心而論，輓聯還是副好輓聯。如今就是要講禮數，又到哪裏尋找這樣的作者呢？

爭接班

學其短

［沐浴佩玉］

石駘仲卒，無嫡子，有庶子六人。卜所以
為後者，曰：「沐浴佩玉則兆。」五人者
皆沐浴佩玉。石祁子曰：「孰有執親之喪
而沐浴佩玉者乎？」不沐浴佩玉。石祁子
兆。衞人以龜為有知也。

‖ 檀弓 ‖

◎ 本文錄自《禮記·檀弓下》。
◎ 兆，此處指用龜甲占卜，卜得吉兆。
◎ 古禮，孝子居喪，須「衰絰憔悴」，故不宜修飾打扮。

念樓讀

衞國的大夫石駘仲死了，他沒有正妻生的嫡子，只有姬妾生的六個庶子，要用龜卜決定誰來繼承，說是得修飾儀容佩戴玉飾，才能卜得吉兆。

有五個庶子都忙着修飾儀容佩戴玉飾，只有石祁子說：「哪有為父親服喪，卻修飾儀容佩戴玉飾的呀！」便不修飾儀容不佩戴玉飾去占卜，結果卻是他卜得了吉兆。

衞國的人，都說這次的龜卜真靈驗。

念樓曰

接班人的位子總是要爭的。民主國家還好辦，一人一票，選出來就是，即使選上個混蛋，也可以彈劾、罷免。家天下的國家則不大好辦，父傳子，子傳孫，外人固然無話可說，禍起蕭牆變生肘腋也叫人防不勝防。李家的老二殺了老大、老三，朱家的叔叔逼死了親姪子，愛新覺羅家即金家的阿哥們也鬥得兇，雍正雖未親手殺人，八阿哥、九阿哥仍「暴卒」於高牆之內。像石家庶子這樣以占卜分勝負，要算頂文明的了。

「五人者皆沐浴佩玉」，石祁子偏不，仍然披麻戴孝，哀毀骨立，真是個孝子，難怪「有知」的烏龜會選中他。

石祁子接了班，「五人者」悔不該沐浴佩玉也遲了，但大夫第的祿米還是會分給他們一份，玉飾也還是會讓他們佩戴的。再看列寧死時的聯共中央政治局，七個委員處決了四個，逼死了一個，暗殺了一個，只留下一個斯大林接班，比起來，二千七百年前春秋時的衞國開明多了。

是不是蠢豬

學其短

［工尹商陽］

工尹商陽與陳棄疾追吳師。及之，陳棄疾
謂工尹商陽曰：「王事也，子手弓而可。」
手弓。「子射諸。」射之，斃一人，韔弓。
又及，謂之，又斃二人。每斃一人，掩其
目。止其御，曰：「朝不坐，燕不與。殺
三人，亦足以反命矣。」孔子曰：「殺人之
中，又有禮焉。」

‖ 檀弓 ‖

◎ 本文錄自《禮記・檀弓下》。
◎ 工尹，楚國的官名。商陽則是任此職的人名。
◎ 陳棄疾，即楚公子棄疾，曾為楚滅陳，故稱。

念樓讀

工尹商陽隨同公子棄疾追擊吳軍，追上以後，公子對商陽道：「這是國家的事，你趕快拿起弓來啊！」商陽拿出了弓，公子又道：「你射呀！」

商陽開弓射殺了一人，便收弓入袋。但楚軍的車馬還在繼續追，又追上了，公子又對商陽說，商陽又射殺了兩人。

兩次射殺人後，商陽都掩上了自己的眼睛，接着便叫停車不追了，說：「慶功酒不去吃了，我也不去坐上頭了；已經殺了三名敵軍，我們總算執行命令了。」

孔子說：「商陽也在殺人，但還是很有節制的呢。」

念樓曰

語云「盜亦有道」，現在說的是戰爭殺人亦該有道，即應該遵守規則，遵守國際法。二戰中日軍虐殺戰俘，違犯了國際公法，負責的主官山下奉文，戰後便因此受審判，被處死；如果無此惡行，只在兩軍陣前指揮作戰，殺敵再多，這隻「馬來之虎」也不會上絞架。

孔子是肯定工尹商陽的，認為他「殺人之中又有禮」，這「禮」便是當時的規則。所謂「不重傷」（不重複殺傷已負傷者）、「不禽二毛」（不擒拿老者），宋襄公身體力行的，也正是當時的規則，卻被譏笑為「蠢豬式的仁義道德」。那麼，為了不做蠢豬，就得殺傷兵，抓老者，將仁義道德、人道主義全都拋棄嗎？

商陽不追「窮寇」，不求多殺，是不是「蠢豬」呢？也不知公子棄疾有沒有向楚子報告他作戰不力，楚子又是如何處置的。

孟姜女

學其短

［杞梁妻］

齊莊公襲莒於奪，杞梁死焉。其妻迎其柩
於路，而哭之哀。莊公使人弔之。對曰：
「君之臣不免於罪，則將肆諸市朝，而妻
妾執；君之臣免於罪，則有先人之敝廬
在，君無所辱命。」

‖ 檀弓 ‖

◎ 本文錄自《禮記・檀弓下》。
◎ 莒，春秋時國名，城在今山東莒縣境內。

念樓讀

齊莊公發兵襲擊莒國，在一處名叫「奪」的地方發生戰鬥，大夫杞梁在那裏戰死了。杞梁的妻子到路上來迎接丈夫的靈柩，哭得十分悲傷。

莊公派人到路上去慰問她。她說：「主公的臣子如果是犯法而死，屍首就應該公開示眾，妻子也應該拘禁起來；如果不是犯法而死，開弔的地方就應該在他自己家裏，父母總算給我們留下了幾間破房子，主公不必派人來到這荒郊野外。」

念樓曰

杞梁妻便是後世傳說中的孟姜女。

從表面上看，杞梁之妻只是爭一個合乎規格的喪禮，跟如今領導幹部的遺屬爭追悼會誰主持，悼詞怎麼寫差不多。其實她是對國君發動戰爭，驅使臣子去「為國捐軀」有深切的不滿，對國君假惺惺地派人來「路祭」更不滿，才會將戰死疆場和砍頭示眾相提並論。

齊莊公稱霸主遠不夠格，也要稱兵耀武，對外侵略去打莒國。後來的專制君主，越熱心打仗的，越能青史留名，秦皇、漢武、唐（太）宗、宋（太）祖便是典型，成吉思汗的武功更為顯赫。

至於東征西討要死多少個杞梁，有多少杞梁妻要「哭之哀」，唐宗宋祖們是不會怎麼考慮的，死了多少億，不是還有多少億嗎？頂多「使人弔」一下，送上一個「高山下的花環」。但老百姓心中是有數的，於是創造了哭倒長城的孟姜女。

苛 政 猛 於 虎

學其短

［孔子過泰山側］

孔子過泰山側，有婦人哭於墓者而哀。夫子式而聽之，使子貢問之曰：「子之哭也，壹似重有憂者。」而曰：「然。昔者吾舅死於虎，吾夫又死焉，今吾子又死焉。」夫子曰：「何為不去也？」曰：「無苛政。」夫子曰：「小子識之，苛政猛於虎也！」

‖ 檀弓 ‖

◎ 本文錄自《禮記・檀弓下》。
◎ 式，將雙手擱在車軾上，是乘車人表示敬意的一種姿勢。
◎ 壹，肯定的意思。

念樓讀

孔子一行經過泰山旁邊，見有個婦人在墳墓前哭得十分淒慘。孔子很用心地聽了一會，便要子貢去問她道：「聽你這樣哭，一定有很傷心的事吧。」

婦人說：「是啊，從前我公公就是被老虎咬死的，後來丈夫也是被老虎咬死的，如今兒子又被老虎咬死了。」

孔子問：「為甚麼不搬家離開此地呢？」

「因為這裏的政府比較好，當官的不那麼兇啊。」

「大家都聽到了罷，」孔子對學生們道，「你們得好好記住，暴虐的政府比老虎還可怕啊！」

念樓曰

老百姓活得真不容易，一家三代都被老虎咬死了，既無人來撫恤慰問，也不見解珍解寶兄弟倆，奉了杖限文書來為民除害。三十六計走為上吧，人多之處沒有吊睛白額虎，那戴官帽穿官服的同樣要吃人肉喝人血，他們雖然只生兩隻腳，敲骨吸髓卻比四隻腳的更兇殘；又不敢往山更深、林更密的地方走，那裏大老爺們不會去，大蟲卻更多了。於是只好在吾舅吾夫吾子的墳旁守着，難過得不行便哭一哭，但哭聲太大哭得太久也不行，怕招得老虎再來。真不容易啊！

《孔子過泰山側》是《檀弓》中傳誦最廣的一篇，幾十年前，幾乎各種課本都選上它，不知為甚麼如今卻不選了，也許是老虎和苛政都沒有了的緣故吧。

人的尊嚴

學其短

［齊大饑］

齊大饑，黔敖為食於路，以待餓者而食之。有餓者蒙袂輯屨，貿貿然來。黔敖左奉食，右執飲曰：「嗟！來食。」揚其目而視之曰：「予唯不食嗟來之食，以至於斯也。」從而謝焉。終不食而死。曾子聞之曰：「微與！其嗟也可去，其謝也可食。」

‖ 檀弓 ‖

◎ 本文錄自《禮記・檀弓下》。
◎ 輯，原注為斂，是收的意思，說因餓者無力穿鞋。我卻納悶如何收法，夾在腋下豈不更加費力？收入行囊黔敖又怎能見到呢？
◎ 曾子，名參，與其父曾晢都是孔子的學生。

念樓讀

齊國鬧大饑荒，一個名叫黔敖的人，到大路旁去向逃荒的飢民施放食物。見有個餓漢跌跌撞撞地走來，趿拉着鞋子，奇怪的是還將衣裳遮着臉。黔敖忙迎上前去，一手端着水，一手端着飯食，招呼那餓漢道：

「哎！來吃啊！」

餓漢露出臉來望了黔敖一眼，冷冷地說：

「我就是不吃『哎』起我來吃的飯，才走到這一步的。」說着便繼續跌跌撞撞地走過去了。

黔敖跟着他走，向他道歉，但他硬是不肯接受施捨，終於餓死了。

曾子聽說以後道：「何必呢？開頭『哎』你可以不接受，後來向你道了歉，也就可以接過去吃了。」

念樓曰

《檀弓》的文字真的很好，讀時不僅能欣賞文章之美，而且從中可以看到極有性格的古人。

黔敖是一位古時的慈善家、志願者。他以個人身分參加社會救助，而他對因餓肚子發脾氣的漢子，是多麼寬容，多有禮貌。那漢子寧可餓死，也要保持自己作為人的尊嚴，又是多麼令人起敬。近日閱報，見有乞丐跪地討錢去嫖老妓女，二千餘年來要飯的人格變化之大，歎為觀止矣。

會講話

學其短

[善頌善禱]

晉獻文子成室，晉大夫發焉。張老曰：「美哉輪焉！美哉奐焉！歌於斯，哭於斯，聚國族於斯。」文子曰：「武也得歌於斯，哭於斯，聚國族於斯，是全要領以從先大夫於九京也。」北面再拜稽首。君子謂之善頌善禱。

‖ 檀弓 ‖

◎ 本文錄自《禮記‧檀弓下》。
◎ 文子，姓趙名武，即趙孟。
◎ 發，打發禮物，前往別人家慶賀。
◎ 要領，人的腰和頸。
◎ 九京，鄭玄和孔穎達都認為「京」為「原」之誤，指地下。

● 念樓讀

晉國的趙文子新建府第落成，大夫們都備禮來祝賀。張老大夫致賀詞道：「多宏偉呀，多美麗呀！在這裏笑，在這裏高興得流眼淚，族人和客人都團聚在這裏。」

文子接着致答詞道：「我趙武能夠在這裏笑，在這裏唱，在這裏高興得流眼淚，族人和客人都團聚在這裏，那就是託大家的福，能夠一生平安，直到追隨列祖列宗於地下了。」說完又恭敬地跪下行禮。

張老和文子的致辭，聽者無不稱好。都說，這真是既會恭維，又會答謝。

● 念樓曰

趙家世代為晉重臣，晉文公「反國及霸，多趙衰（趙武的曾祖父）計策」（《史記》）；衰子盾為晉上卿，專國政者二十餘年；盾子朔娶了晉景公之姊，剛生下趙武，趙家就被滅門，男人全被誅殺，只留下趙武一個，是為「趙氏孤兒」，有戲劇傳世，便是至今還在演的《搜孤救孤》。

殺趙朔滿門，說是屠岸賈「不請」（君命）所為，我想這是不大可能的。十五年後，晉景公又要為姐夫平反，遂「脅諸將」使「攻屠岸賈，滅其族，復與趙武田邑如故」，趙家又復興了。新府第造得美輪美奐，父親被殺、母親褲內藏孤，卻還不曾忘記，難怪趙武要禱祝神靈，只求能「全要領以從先大夫於九京（原）」了。

政治鬥爭真是殘酷而不可預測的啊，在專制制度下。

犬馬的待遇

學其短

[仲尼使埋狗]

仲尼之畜狗死，使子貢埋之，曰：「吾聞之也，敝帷不棄，為埋馬也；敝蓋不棄，為埋狗也。丘也貧，無蓋，於其封也，亦予之席，毋使其首陷焉。」

‖ 檀弓 ‖

◎ 本文錄自《禮記‧檀弓下》。
◎ 子貢，孔子的學生，姓端木，名賜。

念樓讀

孔子養的狗死了，要子貢將死狗拿去埋葬，對他說：

「常言道，破了的簾幕不要丟棄，留着來埋馬；破了的傘蓋不要丟棄，留着來埋狗。我家裏窮，沒有傘蓋，也得拿牀蓆子去包起牠，不要讓泥土直接壓着牠的頭啊。」

念樓曰

狗作為寵物，如今的地位是比較高了，死後也有好好埋葬牠的了。但在過去，犬馬列於「六畜」，而畜牲不過是活的工具或玩具，愛惜不愛惜牠全憑主人，談不到死後還有甚麼「待遇」。孔子葬狗，實行「狗道主義」，乃是他仁愛之心的一種體現。愛惜和自己親近過、為自己服務過的一切生命及其載體，即使是犬馬的身軀，這只有有仁愛之心的、有道德的人才能做得到，普通的人是難以做到的。

君王稱「聖」稱「神」，其實他們的道德和智慧，最多亦只是普通人的水平，往往還在普通人之下。孟子曰：「君之視臣如犬馬，則臣視君為路人。」如犬馬恐怕正是君視臣的常態，如手足者殆屬僅見，如草芥者當亦不少。士大夫都成了犬馬，草根民眾則犬馬不如了。

現代極權國家的君王（也有不叫君王的，如希特勒之稱「元首」，墨索里尼之稱「領袖」……），視臣民尚不如犬者，恐怕更多一些，蘇聯的赫魯曉夫，便曾經將準備投入戰爭的軍民稱為「一堆肉」。一堆肉，拿去紅燒清燉都隨便，也無須用蓆子捲起來埋。這些專制獨裁者，真是古往今來世界上最沒有道德的人。

朋友之道

學其短

［原壞母死］

孔子之故人曰原壞，其母死，夫子助之沐
椁。原壞登木曰：「久矣，予之不託於音
也。」歌曰：「狸首之斑然，執女手之卷
然。」夫子為弗聞也者而過之。從者曰：
「子未可以已乎？」夫子曰：「丘聞之，親者
毋失其為親也，故者毋失其為故也。」

‖ 檀弓 ‖

◎ 本文錄自《禮記・檀弓下》。

念樓讀

孔子有個老朋友叫原壤，他的母親死了，孔子去幫他整治棺槨。原壤卻爬上準備做棺槨的木材堆，說：「好久了，我沒有痛痛快快地唱歌了啊！」便唱起歌來：

長滿了點點的喲，那是花狐狸的頭；

女人般軟軟的喲，那是拿斧子的手。

孔子知道原壤是在打趣自己不會拿斧子，卻裝作沒有聽見。同去的人對孔子說：「瞧他這種態度，您不必再在這裏幫忙幹了吧。」

孔子回答道：「親人不應該不像親人，朋友也不應該不像朋友啊！」

念樓曰

關於原壤，《論語》中有這麼一節敍述：

原壤夷俟，子曰：「幼而不孫弟，長而無述焉，老而不死，是為賊。」以杖叩其脛。

大意是說，原壤在孔子來時蹲着不起身，孔子道：「少年時傲氣十足，長大了無所作為，老到這樣了還如此放肆，怎麼行。」於是用手杖輕輕敲他的小腿，想請他站起來相見。

如果不讀《檀弓》，只看《論語》，好像孔子真是海瑞設置的「司風化之官」，見了誰不合意就會用「警棍」打。如今才知道，原壤原來是「孔子之故人」，兩老朋友一個是誨人不倦的夫子，另一個卻如朱熹集注所說的，「母死而歌，蓋老氏之流，自放於禮法之外者」。叩其脛也好，歌狸首也好，都含有調侃之意，也就是雖然道不同卻仍能互相理解的朋友之間在進行箴規。

左傳八篇

懷璧其罪

學其短

[虞公出奔]

初，虞叔有玉。虞公求旃，弗獻。既而悔
之，曰：「周諺有之：『匹夫無罪，懷璧其
罪。』吾焉用此，其以賈害也。」乃獻之。
又求其寶劍，叔曰：「是無厭也。無厭，
將及我。」遂伐虞公，故虞公出奔共池。

‖ **左傳** ‖

◎ 本文錄自《左傳・桓公十年》。《左傳》是左丘明（生卒年不
詳）為魯史《春秋》作的「傳」。
◎ 虞，春秋時諸侯國名，地在今山西平陸一帶。
◎ 旃，在這裏作「之」字用。
◎ 共池，地名，在平陸之西。

念樓讀

虞國的國君稱虞公。虞公有個弟弟，人稱虞叔。虞叔藏有一塊美玉，虞公向他索要，他開頭不肯答應，想想又後悔了，說：「周地有句俗話說得好，『老百姓本來沒犯法，有了寶貝就犯了法』；留這玉有甚麼用，只會給我帶來禍害。」於是他將玉獻給了虞公。

可是虞公接着又來索要他的寶劍。這時虞叔終於忍不住了，說：「這樣沒完沒了地要，最後就會來要我的命。」便舉兵造反，迫使虞公逃亡到共池去了。

念樓曰

韓愈說，「《春秋》謹嚴，左氏浮誇」。這裏說浮誇並無貶義，是形容左氏會作傳，會演義，把《春秋》雖簡明但未免枯燥的經文演活了。像這一則，便是一個精彩的故事。

故事再精彩，過了二千五百年，記得的人畢竟不多了。但「匹夫無罪，懷璧其罪」這句話，卻穩站在成語辭典上，比故事本身經久得多。

只要有人凌駕於別人之上，不僅有奪人之「璧」的特權，而且有科人以「罪」的特權，這句話就會在人們的口頭上和心頭上傳下去。

奪的方式可以變。秦始皇徙天下豪富十二萬戶於咸陽，十二萬戶的「璧」就歸他了。乾隆叫沈德潛代他作詩，作出來的也就成御製詩了。如虞公者猶小兒科，所以東西沒奪到還得跑。

政治與親情

學其短

［祭仲殺婿］

祭仲專，鄭伯患之，使其婿雍糾殺之，將享諸郊。雍姬知之，謂其母曰：「父與夫孰親？」其母曰：「人盡夫也，父一而已，胡可比也？」遂告祭仲曰：「雍氏捨其室，而將享子於郊。吾惑之，以告。」祭仲殺雍糾，屍諸周氏之汪。公載以出，曰：「謀及婦人，宜其死也。」

‖ 左傳 ‖

◎ 本文錄自《左傳‧桓公十五年》。

◎ 祭仲，春秋時鄭國的大夫，因擁立太子忽（昭公），為由宋國支持即位的公子突（厲公）所忌，險遭謀殺。事泄，厲公出奔，昭公復位。

◎ 伯，爵位名。鄭伯，鄭國的國君。此時的鄭伯即鄭厲公。

● 念樓讀

公子突即位當了鄭伯,擁立太子忽的祭仲還在朝中掌權。鄭伯很不放心,便拉攏祭仲的女婿雍糾,叫他殺掉自己的丈人公。雍糾接受了任務,便請祭仲到郊外赴宴,準備下手。

雍太太覺察到了這個陰謀,忙回娘家問娘:「父親和丈夫比,哪一個更親?」娘道:「凡男人都可為夫,父親卻只有一個,怎麼能相比呢。」於是她便把自己的擔心告訴了父親:「雍家的筵席不在家裏辦,卻要到郊外去,您可得當心啊。」

於是祭仲先動手殺掉了雍糾,將屍首擺在周家的池塘邊示眾。鄭伯知大勢已去,只好出國逃亡,臨行教人帶上雍糾的屍體,指着死屍道:「密謀讓女人知道,死也活該。」

● 念樓曰

按理說,女婿請岳丈飲宴,女兒找母親談心,都是親情之舉。由姻緣聯繫着的祭雍兩家,關係本來是融洽的。可是突然女婿要殺岳丈,女兒要決定是讓丈夫殺父親,還是幫父親殺丈夫。如此血淋淋,如此不容情,全是政治鬥爭進入家庭的結果,真是你死我活的鬥爭啊。

常言政治有理無情。鄭伯叫雍糾殺祭仲,想必也講了大義滅親一類大道理,但卻摧毀了人之所以為人的親情。讀史常覺政治鬥爭可怕,尤其是無規則可循,不公開進行,策劃於密室,操作於暗箱的政治鬥爭,更使人毛骨悚然。

抗旱

學其短

［臧文仲諫焚巫尪］

夏大旱，公欲焚巫尪。臧文仲曰：「非旱備也。修城郭，貶食，省用，務穡，勸分，此其務也。巫尪何為？天欲殺之，則如勿生。若能為旱，焚之滋甚。」公從之。是歲也，饑而不害。

‖ **左傳** ‖

◎ 本文錄自《左傳·僖公二十一年》。文中的「公」便是魯僖公。

◎ 臧文仲，魯國的大夫。

◎ 尪，音 wāng，臉只能朝天的殘疾人。迷信以為上天憐惜尪人，怕雨水注入他的鼻孔，因而不下雨。

◎ 修城郭，古人注釋說是為防備外國趁旱災來侵犯。其實只要說以工代賑便可以了，因為城郭總是為了防備外敵的。

念樓讀

夏天久旱不雨，據說是女巫和尫人在作怪，把他們捉來燒死，天就會下雨了。

國君準備下令捉人時，臧文仲諫阻道：「這不是抗旱的辦法。只有以工代賑，省吃儉用，勸富濟貧，補栽補種，才能度過災荒。天災和女巫、尫人有甚麼關係？上天既然讓他們生在世上，便不會同意將他們弄死。如果他們真有製造災害的能力，燒死他們也只會旱得更加厲害。」

國君聽從了他的話。結果本年雖然因旱成災，出現了饑荒，卻並沒有發生大的動亂。

念樓曰

人類面臨的問題非常多，細究起來卻只兩個：怎樣對待自然？怎樣對待人？任何一個問題處理不好，都會跌大跟頭，走大彎路，甚至毀滅自己。古印加和古羅馬可以為證。

人在大自然面前是無力的。古漢語無「大自然」一詞，只稱「天」。須知人只能順天，替天行道已屬自不量力，逆天而行更是自找苦吃。最糟的則是獲罪於天遭了報應，卻拿人來出氣。歷朝統治者這樣幹的很多，焚巫尫即是一例。

臧文仲是可敬的。他知道對付天災只能盡人力行人道，做得一分便是一分。他也知道即使是為了救人（災），殺人也是違反天意的，天不會答應。這實在是人道主義在歷史長夜中閃光。孔夫子雖然罵過他，他的這番話仍堪稱金不換。

比太陽

● 學其短

[賈季言趙衰趙盾]

狄侵我西鄙，公使告於晉。趙宣子使因賈季問酆舒，且讓之。酆舒問於賈季曰：「趙衰、趙盾孰賢？」對曰：「趙衰冬日之日也，趙盾夏日之日也。」

‖ 左傳 ‖

◎ 本文錄自《左傳‧文公七年》。文中之「我」即魯國，「公」即魯文公。
◎ 賈季，晉國的大夫。
◎ 趙氏，晉國當權的世家，從趙衰起執政，其子趙盾即趙宣子。後三家分晉，趙為其一。
◎ 狄，分佈於秦、晉北方的異族，後逐漸壯大，多次南侵。
◎ 酆舒，狄人之相。

●念樓讀

狄人來侵犯我（魯）國的邊界，國君連忙向晉國告急，因為晉國是諸侯的盟主。

晉國執政的大臣原是趙衰，這時已經交權給兒子趙盾——趙宣子。得知狄人侵魯，宣子便派了賈季前去責問在狄人那裏主事的酆舒，要求停止侵犯。

在談完正事以後，酆舒問賈季道：「貴國的新執政，比起他的父親來，哪個更賢明、更能幹呢？」

賈季答道：「在敝國人心目中，他倆都是明亮的太陽。趙衰若是冬天的太陽，趙盾就是夏天的太陽啦。」

●念樓曰

東周列國，都得辦外交，這方面的人才不少。賈季答酆舒，既宣傳了本國執政的威望如日中天，又警告了對方別希望新領導會軟弱，「他可是六月的太陽，厲害着呢」。

秦漢大一統後，此類精彩表現反而少了。自己強時便去「繫樓蘭王頸」，別人強時便送公主去和親，用不着講究外交辭令和藝術。一人獨裁，對「北走胡南入越」的人越來越不放心。郭嵩燾使英，去聽音樂會都有人打小報告。如果他敢在外國人面前說恭親王是冬天的太陽，曾中堂是夏天的太陽，那就是裏通外國反老佛爺，不判斬立決也會判斬監候。

冤大頭

⬤ **學其短**

[陳殺其大夫泄冶]

陳靈公與孔寧、儀行父通於夏姬，皆衷其
衵服以戲於朝。泄冶諫曰：「公卿宣淫，
民無效焉，且聞不令，君其納之。」公曰：
「吾能改矣。」公告二子，二子請殺之，公
弗禁，遂殺泄冶。孔子曰：「《詩》云：『民
之多辟，無自立辟。』其泄冶之謂乎！」

‖ 左傳 ‖

◎ 本文錄自《左傳・宣公九年》。題依《公羊傳》《穀梁傳》。
◎ 靈公為陳國君，孔寧、儀行父為陳大臣。夏姬美而淫，初
　嫁子蠻，子蠻死後嫁陳大夫夏御叔，生子徵舒。御叔死後，
　與靈公等多人淫亂。徵舒殺靈公，導致楚國入侵，後徵舒被
　殺。夏姬被俘後被配給連尹襄老為妻，襄老旋死。申公巫臣
　又教她託辭歸鄭，隨即自己離開楚國娶了她。

念樓讀

陳靈公、孔寧、儀行父同夏姬淫亂，三人不顧君臣之禮，都貼身穿着夏姬的內衣，在朝廷上互相顯示，開下流玩笑。大夫泄冶看不下去，對靈公進諫道：「國君和大臣白晝宣淫，怎麼給國人做榜樣，而且自己的名聲也不好，快把女人的內衣收起來吧！」

靈公一時下不了台，只好說：「我改嘛！」轉身卻找孔寧、儀行父商量。二人主張殺掉泄冶，靈公也不說不行，等於默認。於是泄冶被殺。

孔子知道這事以後，說道：「不是有兩句詩麼，『對那些不要臉的人哪，千萬別跟他們講規矩』，真好像是為泄冶寫的呀。」

念樓日

舊小說將夏姬寫成淫得不得了的女人，古人也說她「殺三夫一君一子，亡一國兩卿」，彷彿真是禍水。其實她不過如古希臘海倫，男人人見人愛，沾上捨不得丟罷了。說到淫和禍國禍人，根子還是陳靈公。孔、儀雖身為高幹，也只是鑲邊，未脫帶馬拉皮條的本色。

冤大頭卻是泄冶。昏淫之「君」猶禽獸，禽獸是聽得進人話的麼？那時列國來去自由，看不慣何不遠走高飛，等陳國大掃除後再回來。若真不能容忍，或欲一死以成名，又何不先行夏徵舒之事，一箭把昏君射死，然後自裁，總比死在拉皮條的人的手裏好一些。

好有好報

［晉侯謀息民］

晉侯歸，謀所以息民。魏絳請施捨，輸積
聚以貸。自公以下，苟有積者盡出之。
國無滯積，亦無困人。公無禁利，亦無貪
民。祈以幣更，賓以特牲，器用不作，車
服從給。行之期年，國乃有節。三駕，而
楚不能與爭。

‖ **左傳** ‖

◎ 本文錄自《左傳·襄公九年》。
◎ 晉侯歸，指晉悼公為了與楚爭霸，會合諸侯攻鄭，不勝而歸。
◎ 魏絳，晉國大夫。後三家分晉，魏為其一。

念樓讀

晉悼公與楚爭鄭，不勝而歸，也想讓民眾鬆一口氣，魏絳便建議採取下列措施：

放賑放貸，先幫最貧困的人改善處境。除動用國家儲備外，從國公本人起，殷實之家都要儘量拿出自己的積蓄。公家的倉庫空了，百姓的困乏也就緩解了。

對於可以生利的事業，取消國家的禁令和大戶的壟斷，放開讓民眾經營，遏制少數人的貪心。

厲行節約，祭禮以布帛代替珠玉，宴會宰牲畜只准宰一頭，公用的器物不再添置，車輛、儀飾也只求夠用，因陋就簡。

如此辦了一年，國政便上了軌道。之後晉楚三次兵戎相見，楚國都沒能佔上風。

念樓曰

魏絳的建議，一是幫助弱勢羣體，二是扶植民間經濟，三是減少鋪張浪費。這第三條看似枝節，卻關係重大。君王縱有與民休息之心，如果舉行典禮大肆粉飾鋪張，迎賓宴客力求豐盛光彩，辦公樓越造越高，專用車越換越好，扶貧濟困、增產增收豈不又要打一折八扣？

魏絳之父魏犨佐文公成霸業，子魏收為平公破狄兵，三世有功於晉，而以這次最為有德於民。有德於民者民懷之，後來晉室解體，「三家分晉」中有魏一家，可算是好有好報。

品德更珍貴

[不受獻玉]

宋人或得玉，獻諸子罕。子罕弗受。獻玉者曰：「以示玉人，玉人以為寶也，故敢獻之。」子罕曰：「我以不貪為寶，爾以玉為寶，若以與我，皆喪寶也，不若人有其寶。」稽首而告曰：「小人懷璧，不可以越鄉，納此以請死也。」子罕置諸其里，使玉人為之攻之，富而後使復其所。

‖ 左傳 ‖

◎ 本文選自《左傳・襄公十五年》。
◎ 子罕，時為宋司馬。

念樓讀

在宋國，有人得到了一塊玉，拿去獻給子罕。子罕不受。獻玉的人道：「這請玉工看過，玉工說它很珍貴，才敢來獻的。」

「這玉是你的珍貴東西，不貪污不受賄的品德是我珍貴的東西。」子罕道，「玉若給了我，你我珍貴的東西便都失去了，還不如各自留着的好。」

那人一聽，跪下磕頭道：「小小老百姓，拿着這麼貴重的寶玉走來走去，實在不安全，獻出來也是為求平安啊。」

子罕便把他暫時安置在本城，找來玉工將玉琢磨好，賣了個好價錢，讓他帶上錢回家。

念樓曰

古時玉的價值超過今時的鑽石，虞公為玉失國，卞和為玉刖足，秦王為換趙之玉璧願割十五城，誰不愛玉呢？

宋人獻玉以求平安，當然要獻給當大官掌大權、能夠給他平安的人。子罕為宋司馬，相當於現在的國防部長，正是這樣的人，卻偏不接受。難道子罕和虞公他們不一樣，是特殊材料製成的人麼？非也，所異者只是他有更貴重的東西——品德。他不願以自己的品德去換別的東西，即使是玉。

品德就是人格，是善美，是理想。古人雖不可能有為黨為人民的偉大理想，但子罕追求完美品德的這種個人理想畢竟是可貴的。

城門之戰

🔵 學其短

［魯師敗於陽州］

八年春王正月，公侵齊，門於陽州。士皆坐列，曰：「顏高之弓六鈞。」皆取而傳觀之。陽州人出，顏高奪人弱弓，籍丘子鉏擊之。與一人俱斃，偃且射，子鉏中頰殖。顏息射人中眉，退曰：「我無勇，吾志其目也。」師退，冉猛偽傷足而先。其兄會乃呼曰：「猛也殿！」

‖ 左傳 ‖

◎ 本文錄自《左傳·定公八年》。「公」即魯定公。
◎ 顏高、顏息、冉猛、冉會都是魯軍的戰將。
◎ 鈞，計量單位，等於三十斤。
◎ 籍丘子鉏，齊軍的戰將。

念樓讀

魯定公八年春天，周曆正月間，定公發兵攻齊，圍住了陽州的城門。

攻城還沒開始，戰士們列坐在城下稍事休息。大家說射手顏高的弓最硬，拉開它得百八十斤氣力，便要過他的弓來傳着看。

這時陽州城內的齊軍突然衝殺出來。顏高忙從身邊搶過另一張不怎麼好的弓應戰。齊人籍丘子鉏已經衝到他面前，手起刀落，砍倒了他。接着又砍了一個。但顏高畢竟是顏高，倒下去時還對準籍丘子鉏面門一箭，從頰部射入，將其射死了。

射手顏息也竭力迎戰，一箭正中敵人眉心。他卻說：「我真沒用，本該要射中他眼睛的啊。」

原來要進攻的魯軍，這時只能退了。冉猛假裝傷了腳，最先退。他的哥哥冉會見了便大喊：「猛子啊，退在後！」

念樓曰

本篇只取其敘事精彩。《左傳》寫戰爭本最有名，城濮之戰、邲之戰的意義比得上雙堆集、孟良崮戰役，而後者記述文字多過前者數十萬倍，能傳誦的卻少見。本篇原文九十三字，只寫一次戰鬥，而魯軍指揮之懈怠，齊軍出擊之迅疾，顏高、顏息之盡力，冉氏兄弟之勇怯，一一活靈活現。抓住有特徵的細節，生動地記錄下來，便能使讀者對全局有真實的了解，強於按統一口徑作宣傳的軍事報道遠矣。

國語九篇

甲魚太小了

學其短

［文伯之母］

公父文伯飲南宮敬叔酒，以露睹父為客。
羞鱉焉，小，睹父怒。相延食鱉，辭曰：
「將使鱉長而後食之。」遂出。文伯之母
聞之，怒曰：「吾聞之先子曰，祭養尸，饗
養上賓。鱉於何有？而使夫人怒也！」遂
逐之。五日，魯大夫辭而復之。

‖ 國語 ‖

◎ 本文錄自《國語·魯語下》。《國語》與《左傳》同敘春秋史
　事，不同的是按國別多記言，作者據說也是魯國史官左丘明。
◎ 公父文伯、南宮敬叔和露睹父，都是魯國的大夫。
◎ 尸，祭祀時代表先人受祭的人，可以是活人，也可以是草人。

念樓讀

公父文伯請南宮敬叔吃酒席，邀露睹父做客。席上的主菜是甲魚，個子很小，露睹父很不高興。請吃甲魚的時候，他說了一句：「等甲魚長大了再來吃。」便起身走了。

文伯的母親知道以後，很生兒子的氣，道：「你死去的老子說過，祭祀時應該敬奉『尸』，酒席上應該敬奉上座的貴賓。甲魚有多金貴？為甚麼不辦得豐盛些？使得客人生氣。」於是將文伯趕出了家門。

過了五天，魯國的大夫們來向老太太求情，她才讓文伯回家。

念樓曰

客嫌酒菜是惡客，歷來對露睹父的看法都不好。「等甲魚長大了再來吃」，悻悻然的態度也太現形，殊少大夫的風度。

但轉念一想，吊起人的胃口來，又不讓他滿足，也是相當缺德的。比如說出本書，先炒得一片鍋瓢響，說是甚麼封筆之作，不快去買便會失之交臂；端上桌來卻清湯寡水，撈得塊碎皮爛肉還不知是不是甲魚，也難怪人生氣。

《隨園食單‧帶骨甲魚》云：「甲魚宜小不宜大，俗號『童子腳魚』才嫩。」長沙也有「馬蹄腳魚四兩雞」之說。那麼文伯家廚子選材原不錯，若能如隨園在山東楊參將家席上所見，「一客之前以小盤獻一甲魚」就好了。

自家殺自家

學其短

［惠公悔殺里克］

惠公既殺里克而悔之，曰：「芮也使寡人
過，殺我社稷之鎮。」郭偃聞之曰：「不謀
而諫者冀芮也，不圖而殺者君也。不謀而
諫，不忠；不圖而殺，不祥。不忠受君之
罰，不祥罹天之禍。受君之罰死戮，罹天
之禍無後。志道者勿忘，將及矣。」及文
公入，秦人殺冀芮而施之。

‖ 國語 ‖

◎ 本文錄自《國語・晉語三》。
◎ 惠公，晉獻公之子，名夷吾，因獻公寵驪姬，與兄重耳先後
　 出奔。獻公死後，里克殺掉驪姬之子，惠公在秦國支持下回
　 晉即位，因怕里克擁護重耳，便聽親信冀芮的話，殺了里克。
◎ 郭偃，晉大夫。
◎ 施，殺後將屍示眾。

念樓讀

晉惠公殺了里克之後，又後悔道：「全是冀芮，讓我錯殺了國之重臣，里克的罪不至死啊！」

郭偃知道了這事，道：「輕率進言的是冀芮，輕率殺人的卻是主公。輕率進言是事主不忠，輕率殺人會天理不容。事主不忠該得懲罰，天理不容會受報應。懲罰若重便得判死刑，報應到時主公也就難得有第二代了。記着吧，結局恐怕不久就會到來了。」

惠公一死，秦國便送公子重耳回晉為文公，剛剛繼位的懷公和冀芮都被殺掉了。

念樓曰

先是晉獻公殺世子申生，還要殺重耳和夷吾，是父殺子。獻公死後，里克以三公子名義，殺了獻公臨終囑咐讓接班的奚齊，還有奚齊的胞弟卓子，和那個新鮮的遺孀小老婆，是兄殺弟，子殺庶母。惠公（夷吾）殺里克是防重耳，可他死後重耳仍然回國殺了他的兒子懷公，是叔殺姪。這裏殺的全是自家人，只有里克以管家自居，管得太熱心，白搭上一條命。若說歷史只是一部階級鬥爭史，試問這裏的階級如何劃分？

過去到奴隸社會找奴隸起義，找到個盜跖。先不說這本出自莊生的寓言，就算實有其人，也是仕為士師的柳下惠的弟弟，肯定出身奴隸主。而且他殺的全是無辜，還要炒人肝下酒，活生生一個殺人狂，就是在今天恐怕也該槍斃。

跟 着 走

學其短

[文公遽見豎頭須]

文公之出也，豎頭須守藏者也，不從。公
入，乃求見。公辭焉以沐。謂謁者曰：「沐
則心覆，心覆則圖反，宜吾不得見也。從
者為羈絏之僕，居者為社稷之守，何必罪
居者？國君而仇匹夫，懼者眾矣。」謁者
以告，公遽見之。

‖ 國語 ‖

◎ 本文錄自《國語·晉語四》。
◎ 文公，晉獻公之子，名重耳，因驪姬之禍流亡在外十九年，
得狐偃、趙衰等之助。惠公死後，在秦國支持下回晉，殺公
子圉（懷公）即位，是為晉文公，終成春秋五霸之一。
◎ 豎頭須，豎即小臣，頭須為人名。

念樓讀

　　公子重耳在外流亡了十九年，後來回國即位，成了春秋五霸之一的晉文公。

　　文公出亡時，守庫房的小臣頭須沒有跟着走。文公回國後，頭須來見。文公不願見他，叫接待人員說主公正在洗頭。

　　「洗頭得低着頭，低着頭時想事想不清，難怪主公不願見我了。」頭須道，「跟着走的人，不過是身不由己的奴才；沒有跟着走的人，留下也是在為國家做事，何必怪罪他們。當國家領導人的，如果要與普通人為仇，該提心吊膽的就太多了。」

　　文公聽到頭須這番話，立刻接見了他。

念樓曰

　　問鄧小平長征中幹甚麼，答覆只有三個字：跟着走。在歷史重要關頭，跟不跟着走，確實是一個關係前途命運的大問題。

　　以跟不跟着走劃線，乃是領導者看人用人的常規。文公開頭不理頭須，可以理解。難得的是在聽到頭須發牢騷後，不僅沒有龍顏大怒，辦他污衊攻擊之罪，反而立即改變態度予以接見，其能成為霸主而非庸主，實非偶然。

　　跟着文公走的人，至少趙衰、狐偃等人，都是人才而非奴才，這一點頭須說錯了。若要辦他的罪，「材料」盡可不必像辦胡風那樣去找人「交」。文公除了霸才，還有幾分雅量，實在難得。

知 難 不 難

學其短

［郭偃論治國］

文公問於郭偃曰：「始也吾以治國為易，今也難。」對曰：「君以為易，其難也將至矣；君以為難，其易也將至焉。」

‖ 國語 ‖

◎ 本文錄自《國語·晉語四》。

念樓讀

晉文公問郭偃道：「開頭我以為治理國家很容易，如今卻覺得越來越難了，這是為甚麼呢？」

郭偃回答道：「主公以為這件事情很容易做時，做起來自然會越來越難；主公覺得做起來很難時，只要一直做下去，慢慢也就會覺得容易了。」

念樓曰

從諸子羣經中可以欣賞古人的智慧，其實讀史也是一樣。這裏說的，並不包括諸侯帝王爭權奪位、爭城奪地的陰謀和陽謀，因為血腥味太濃，讀起來會覺得這部「相斫書」太沉重，殊少接近智慧之樂。但若能離開政治軍事鬥爭這條「主線」，即使在暫停和稍息時，當政者和執事者能稍微顧及物理人情（請勿誤會為送幹部的「人情」），人性向善的一面便會顯現出來，智慧之美哪怕在一樁小事、幾句對白上也會發光，盡夠我們欣賞。

晉文公四十二歲開始流亡，六十一歲才得到晉國。正所謂「艱難險阻備嘗之矣，民之情偽盡知之矣」，並不是子承父業或夤緣時會得來的位子。見豎頭須和問郭偃，都能看出他的智慧，也就是他長期體察人情物理所造就的能力。郭偃的答話，也算得上是一句格言。孫中山說知難行易，也許部分是受了他的啟發。

當頭一棒

學其短

[范文子被責]

范文子暮退於朝。武子曰:「何暮也?」對曰:「有秦客廋辭於朝,大夫莫之能對也,吾知三焉。」武子怒曰:「大夫非不能也,讓父兄也。爾童子而三掩人於朝,吾不在晉國,亡無日矣!」擊之以杖,折委笄。

‖ 國語 ‖

◎ 本文錄自《國語·晉語五》。
◎ 范文子(士燮)是武子(士會)的兒子。武子為正卿,執國政,靈公八年告老,晉遂以郤獻子(郤克)為正卿,並立范文子為卿。

念樓讀

這一天，范文子很晚才下班回家。

「為啥忙到這麼晚？」父親武子問他。

「秦國來人在朝堂上發問時，故意使用隱語。大夫們對答不出，我只好一連三次發言，幸好沒有出醜。」文子這樣回答。

武子一聽就火了：「別人不是對答不了，是要讓有經驗的前輩出面。你還幼稚得很，卻要三次搶在別人前面出風頭。我若不在了，你還能幹得了幾天！」

說着舉起手杖就打，打斷了文子的帽簪。

念樓曰

此為一則很有趣味的記事。老爸是退休的正卿（首席部長，執國政），兒子剛被立為列卿，都是大臣，卻動手就打，可見古人教子之嚴。帽子上的簪子都打斷了，下手不輕哪。

范武子曾為太傅，訂立晉法；又統上軍，是邲之戰唯一的功臣；政績戰績，舉國公認。文子是正牌高幹子弟，年紀不大便當上了卿，與父親的威望自然有關，故不免有些驕氣。幸好有這當頭一棒，從此謙虛謹慎，終能為晉名臣，後來的聲望甚至超過了老爸。

武子斥文子為「童子」。其實這「童子」在這前後已經代表晉國參加過弭兵之會，表現出色；又曾經為副手佐郤克伐齊，在鞍之戰中立下戰功。他倒不是全憑父蔭坐直升機上來的。

父親的心

［范武子知免］

靡筓之役，郤獻子師勝而返，范文子後
入。武子曰：「燮乎，女亦知吾望爾也
乎？」對曰：「夫師，郤子之師也，其事
臧。若先，則恐國人之屬耳目於我也，故
不敢。」武子曰：「吾知免矣。」

‖ **國語** ‖

◎ 本文錄自《國語·晉語五》。

◎ 靡筓，齊國的山名，在今山東歷城之南，晉景公十一年齊晉
　鞍（地名）之戰的主戰場。

◎ 郤獻子為鞍之戰晉軍中軍元帥，兼統上、下軍。范文子為上
　軍之將。

◉ 念樓讀

晉楚兩軍在靡笄山決戰，晉軍大獲全勝，郤獻子率三軍凱旋。范文子（士燮）是上軍的指揮官，凱旋入城時卻走在最後。

「燮兒呀，你也曉得我在眼巴巴地望着你早些回來嗎？」文子的老爸見到了他，忙說。

「三軍的統帥是郤老總，勝利的光榮應該屬於他。入城式上我若走在前，多少會分散對他的注意，所以走在後頭。」文子回答道。

「你能這樣想，就不會犯錯誤了，我放心了。」老爸高興了。

◉ 念樓曰

范武子時時不忘教子，范文子事事謹遵父訓，在當時這是完全合乎標準的模範行為。而「燮乎，女（汝）亦知吾望爾也乎」一句，則充分表現出老父親的心，表現出他對去打大仗的兒子的擔心、渴念和憐愛。如果刪去這十個字，文章便沒了「頰上添毫」之妙，感染力和可讀性都會差多了。

「文化大革命」中躲着讀曾國藩為他戰死的弟弟作的輓聯：

英名百戰總成空，淚眼看河山⋯⋯

心想現在說「英雄流血不流淚」，這樣眼淚巴巴地嗟歎「總成空」，豈不會動搖鬥志，在「高山下的花環」旁是絕對掛不出來的。而曾家兄弟的鬥志，卻反而更高了。可見真情才是人性的流露，反對溫情則是違反人性的，也不會有助於獲得勝利。

想快點死

［文子知晉難］

反自鄢，范文子謂其宗祝曰:「君驕泰而有烈，夫以德勝者猶懼失之，而況驕泰乎?君多私，今以勝歸，私必昭。昭私，難必作，吾恐及焉。凡吾宗祝，為我祈死，先難為免。」七年夏，范文子卒。冬，難作，始於三郤，卒於公。

| 國語 |

◎ 本文錄自《國語·晉語六》。
◎ 鄢，鄭國地名，即今河南鄢陵。晉厲公六年，晉軍大敗楚鄭聯軍於此。
◎ 七年，晉厲公七年。
◎ 三郤，郤錡、郤犨和郤至，郤克死後他們繼續在晉執政。

念樓讀

鄢之戰，范文子指揮晉軍的下軍。得勝回國後，他找來家廟的祭師，對他們說：

「咱們的國君本來就有驕氣，過於自信。這回又打了勝仗，功業更加顯赫了。那有修養的人還難免被勝利沖昏頭腦，何況驕傲的人。國君身邊的親信又多，無功受賞，定會更加放肆。依我看，晉國很快就會發生動亂了。

「你們是我的祭師，請為我祈禱快些死去罷，能趕在動亂之前死去便算是解脫了。」

這是晉厲公六年的事情。第二年夏天，范文子死了。冬天，晉國便發生動亂，先是郤氏三人被殺，最後國君也被殺掉了。

念樓曰

「夫人情莫不貪生惡死」，太史公被割了卵子還這樣說。范文子累世為卿，榮華富貴盡堪留戀，何以卻要求快死？蓋知大廈將傾，無法置身事外。與其在動亂中被誅殺，被亂殺，甚至被虐殺，橫豎也是死，還不如自行了斷來得乾淨，這和癌症病人之求安樂死差不多。但此仍需要有洞察力和決斷力，亦即是智慧，不是人人都做得到的。齊奧塞斯庫不是寧願被槍斃，陳公博不是拖都要拖到上雨花台刑場麼？

據說老鼠都知道離開將沉的船，齊、陳之智遑論不及范文子，恐怕比老鼠都不如。解體後的南斯拉夫有高官自殺，亦比等着上法庭的米洛舍維奇聰明。

逮鷁鶉

學其短

［叔向諫殺豎襄］

平公射鷁不死，使豎襄搏之，失。公怒，拘將殺之。叔向聞之，夕，君告之。叔向曰：「君必殺之。昔吾先君唐叔射兕於徒林，殪以為大甲，以封於晉。今君嗣吾先君唐叔，射鷁不死，搏之不得，是揚吾君之恥者也。君其必速殺之，勿令遠聞。」君忸怩，乃趣赦之。

‖ 國語 ‖

◎ 本文錄自《國語・晉語八》。
◎ 叔向，晉大夫，是晉平公為太子時的師傅。
◎ 唐叔，周成王幼弟，分封於翼（今山西翼城西），建國號唐，後改稱晉。

念樓讀

晉平公打獵，射傷一隻鶴鶉，命一個叫阿襄的小臣去逮來，結果卻讓那鶴鶉逃脫了。平公大怒，將阿襄關了起來，說要殺了他。

叔向當時便聽說了，晚上平公和他見面時，又提起這件事，還是說要殺阿襄。

「該殺呀，快殺吧！」叔向對平公道，「咱們的先君唐叔，在徒林射死兇猛的野牛，用牠的皮做成甲，表現了膽量和武藝，才被封為晉國之君。如今您是唐叔的繼承人，卻連一隻鶴鶉都射不死，到手的獵物也失掉了，真有點對不起先君啊。還是趕快殺掉阿襄為好，免得這件事傳開，晉國丟醜。」

晉平公越聽越不好意思，心想，若真殺了阿襄，豈不更加張揚，只好赦免了阿襄。

念樓曰

史書所記的諷諫和譎諫，有些不僅故事本身有趣，人物神態和語言也精彩。這些都屬於太史公所說的滑稽，和後來林語堂譯作幽默的差不多是一回事。它使嚴肅的話題變得輕鬆一些，說者和聽者便可以減少緊張，效果也就會比較好。但是也得在至少有一點起碼的寬容度的條件下才能如此。如果都像在洪武爺雍正爺面前那樣開不得半點玩笑，則諍諫固不行，譎諫和諷諫亦會成為誹謗譏訕，罪名比逮不住一隻鶴鶉大多了。

只為多開口

⬤**學**其短

［范獻子聘魯］

范獻子聘於魯，問具山、敖山，魯人以其
鄉對。獻子曰：「不為具、敖乎？」對曰：
「先君獻武之諱也。」獻子歸，遍戒其所知
曰：「人不可以不學。吾適魯而名其二諱，
為笑焉，唯不學也。人之有學也，猶木之
有枝葉也。木有枝葉，猶庇蔭人，而況君
子之學乎？」

‖ 國語 ‖

◎ 本文錄自《國語‧晉語九》。
◎ 范獻子，名士鞅，范文子之孫。
◎ 具山、敖山，魯國之二山，均在今山東蒙陰境內。
◎ 獻武之諱，魯獻公名具，魯武公名敖。古時諱稱君父之名，
　故魯人不直呼具山和敖山。

⬤念樓讀

　　范獻子出使魯國時，有次問起具山和敖山的事情。魯人的回答，卻只提這兩座山的所在地，不說山名。

　　獻子覺得奇怪，說：「不就是具山和敖山嗎？」

　　魯人說：「那是我國先君的名諱啊。」

　　獻子回晉國後，見了同事和朋友就說：「人真不能沒有知識。我因為不知道『具』『敖』是魯國先公的名諱，所以出洋相，丟了醜。如果將人比作樹木，知識便是樹的枝葉；沒有枝葉的樹木不僅難看，活也活不了呢。」

⬤念樓曰

　　「一物不知，儒者之恥」，我以為是儒者說的大話。世界上事物這樣多，信息這樣豐富，要想無一物不知，恐怕誰都做不到。像具山和敖山這樣兩座不大的山，尤其是這兩座山和幾代以前魯公的名字的關係，遠處的人（即使是儒者）的確是難以知道的。

　　問題在於范獻子並非常人，而是出使魯國的晉大夫，那麼他就本該多些魯國的知識，一時諮詢不及至少可以藏點拙，不必多開口問東問西。湖南在查處《查泰萊夫人的情人》時，有主管官員責問：「中英關係如今還可以，你們為甚麼偏要出《撒切爾夫人的情人》？」其實當官的不知道世界名著不是甚麼新鮮事，是非只為多開口。此人之出洋相，也只是吃了多開口的虧。

戰國策十篇

明白人難做

㑹 學其短

［扁鵲投石］

醫扁鵲見秦武王，武王示之病，扁鵲請除。左右曰：「君之病，在耳之前，目之下，除之未必已也，將使耳不聰，目不明。」君以告扁鵲。扁鵲怒而投其石，曰：「君與知之者謀之，而與不知者敗之。使此知秦國之政也，則君一舉而亡國矣。」

｜ 戰國策 ｜

◎ 本文錄自《戰國策·秦二》。《戰國策》分國記述戰國至秦的史事，由漢朝的劉向編輯整理成書。
◎ 秦武王，秦王政（始皇）前四代的秦王。

念樓讀

名醫扁鵲去看秦武王，王將自己的病狀告知扁鵲，扁鵲答應給治好。王身邊的人卻七嘴八舌，說：「大王的病，跟耳朵有關，跟眼睛也有關，很不好治，只怕治不好反而會影響聽力和視力。」說得秦王沒了主意，只好將這些話告訴扁鵲。

扁鵲聽了十分生氣，把拿在手裏準備施治的砭石（治病用的尖石器，有如後來的金針）往地下一丟，說：「大王讓明白人來做事，卻又讓不明白的人說三道四來阻撓；國家大事如果也這樣辦，秦國就會亡在大王您的手裏。」

念樓曰

明白人從來就怕碰不明白的人。在看病這件事情上，扁鵲當然是當時第一明白人，但他既不能使秦王身邊沒有那些不明不白的人，也無法使秦王不去聽那些不三不四的話，只好氣得砸自己掙飯吃的傢伙。

到底扁鵲給秦武王治病沒有呢？史無明文，只知武王是舉鼎折脛而死的。即使他並未給秦王治病，自亦無礙扁鵲之為良醫；在旁邊說風涼話的人更不會受任何影響，吃虧的只是秦武王自己的身體。

可見明白人難做，即使有扁鵲那樣的本事。不明白的人胡亂發表意見，倒是可以毫不負責的，二千三百年前即如此矣。

玉石和鼠肉

學其短

［應侯論名實］

應侯曰：「鄭人謂玉未理者璞，周人謂鼠未臘者樸。周人懷樸過鄭賈曰：『欲買樸乎？』鄭賈曰：『欲之。』出其樸視之，乃鼠也，因謝不取。今平原君自以賢顯名於天下，然降其主父沙丘而臣之。天下之王尚猶尊之，是天下之王不如鄭賈之智也；眩於名，不知其實也。」

‖ 戰國策 ‖

◎ 本文錄自《戰國策·秦三》。
◎ 應侯，范雎在秦國的封號。
◎ 平原君，趙公子勝的封號。
◎ 沙丘，趙國地名。
◎ 主父，趙武靈王廢其太子章，傳位於少子何（惠文王），自稱主父，以平原君為相。四年後廢太子作亂，公子成、李兌等誅殺廢太子，進而在沙丘圍主父之宮，主父餓死。

念樓讀

講到平原君時，范雎說了這樣一個故事：

「鄭國人將沒加工的玉石叫做『璞』，周地人將沒熏乾的鼠肉叫做『樸』，『璞』『樸』同音。有個周地人在一家鄭國商人門前吆喝着『買樸啊』，鄭國商人正想買玉石，說是『要買』，讓他拿出來瞧瞧，卻原來是老鼠肉，便表示不買了。

「如今平原君名滿天下，都稱之為賢公子，平原君也以賢德自居。而趙國自武靈王降為主父，便一直不得安寧，直到沙丘禍作，平原君一直都在趙國當大臣，哪有甚麼賢德的表現。

「鄭國商人買璞，還得先瞧瞧。各國君王爭頌平原君，卻都只信虛名，不看實際；在這件事情上，各國君王就不如那個鄭國商人聰明了。」

念樓曰

璞和樸，如今講普通話聲調微有不同，但在長沙話裏的讀音還是一樣的。實際上卻一個是玉石，一個是老鼠肉（湖南山區有些地方仍稱放在「吸水罈子」裏貯存的肉為「樸肉」），此名實之不同。

范雎對平原君名過其實不以為然，但是平原君這個人，太史公雖說他「未睹大體」，仍不失為「翩翩濁世之佳公子」。如今名滿天下超過平原君的人多着呢，他們的皮包裏裝的到底是璞玉還是鼠肉，最好讓其先拿出來瞧一瞧，在向他們鼓掌歡呼之前。

辯士

學其短

[為中期說秦王]

秦王與中期爭論，不勝。秦王大怒，中期
徐行而去。或為中期說秦王曰：「悍人也
中期！適遇明君故也。向者遇桀紂，必殺
之矣！」秦王因不罪。

‖ 戰國策 ‖

◎ 本文錄自《戰國策・秦五》。
◎ 中期，秦之辯士。

念樓讀

秦王和一位名叫中期的辯士爭論，沒有能爭贏，非常生氣。中期卻若無其事，踱着慢步走開了。

維護中期的人，眼見中期可能要吃大虧，便對秦王說：

「這個又蠢又倔、不懂事的中期啊！幸虧遇着了賢明的君王。若是同夏桀王、商紂王頂撞，腦袋還能不搬家？」

結果，秦王並沒有懲辦中期。

念樓曰

春秋戰國，辯士盛行。最有名的當然是蘇秦、張儀，《六國拜相》的戲至今還在演。

辯士的本事，全在口舌。張儀被打得嗚呼哀哉，只要舌頭還在，便不着急。他們靠口舌合縱連橫，靠口舌封侯拜相，靠口舌「位尊而多金」，榮華富貴。這一切都是為君王服務的，也只有為君王服務才能實現。所以，辯士說到底也還是人臣，不過是口舌之臣罷了。古希臘羅馬也有辯士，那是一種自由職業，靠替人辯護維生。中國古時沒有公開審判法庭辯論那一套，自然只有君王駕前為臣一條路走。

我這樣笨口拙舌的人，做辯士是做不來的。在古希臘做，最多沒有主顧上門；若是在專制古國，萬一馳不及舌頂撞了大王，捉將官裏去時，只怕自己想找辯護人也找不到了。

送耳環

⬤學其短

[薛公獻珥]

齊王夫人死，有七孺子皆近。薛公欲知王
所欲立，乃獻七珥，美其一。明日視美珥
所在，勸王立為夫人。

‖戰國策‖

◎ 本文錄自《戰國策・齊三》。
◎ 薛公，齊相國田嬰的封號。
◎ 齊王，齊宣王。

念樓讀

齊國的王后死了。在王的身邊，有七位年輕受寵的嬪妃。薛公田嬰想要知道，在這七位妃子中，誰會成為新的王后，便給王送上七副耳環，其中有一副特別貴特別漂亮。

第二天進宮，薛公注意哪位妃子戴上了這副耳環，便向王建議立她為王后。

念樓曰

田嬰在歷史上出名，主要是因為有個好兒子孟嘗君。古時貴族的女人多，兒子自然不會少，田嬰便有四十多個兒子。孟嘗君的母親只是一名「賤妾」，生下這個兒子，田嬰連要都不想要的，後來卻讓他成了繼位的人。賤妾之子固然非凡，能讓賤妾之子繼位的父親之非凡亦可以想見。

田嬰為他的異母哥哥齊宣王早已經做過不少工作。送耳環這件事只是件小事，也很看得出他的聰明，卻總不禁使人想到伺候君王之不易。親為弟兄，貴為首相，為了揣摩七個小老婆中哪個會扶正，為了能夠「先意承志」，把扶正的事辦在前頭，辦得使大王滿意，竟得如此地挖空心思；那麼，薛公這個封爵要保住也太不容易了，不是麼？

古語云，剛日讀經，柔日讀史。史書寫得好的，確有文學性、可讀性，但卻不是柔性讀物，如果邊讀邊想的話。

鄰人之女

學其短

[齊人譏田駢]

齊人見田駢曰:「聞先生高議,設為不宦,而願為役。」田駢曰:「子何聞之?」對曰:「臣聞之鄰人之女。」田駢曰:「何謂也?」對曰:「臣鄰人之女,設為不嫁,行年三十,而有七子。不嫁則不嫁,然嫁過畢矣。今先生設為不宦,訾養千鍾,徒百人。不宦則然矣,而富過畢也。」田子辭。

‖ 戰國策 ‖

◎ 本文錄自《戰國策‧齊四》。
◎ 田駢,齊人,戰國時著名的學者。

◉念樓讀

田騈在稷下學宮講學，門徒很多，名氣很大。有個齊國人來求見，見面後恭敬地說：

「很佩服先生的高論，不願當官，只願為文化作貢獻……」

「哪裏，哪裏。」田騈很高興地表示着謙遜，道，「你從哪裏聽到這些的啊？」

「從鄰居的女兒那裏呀。」齊國人答道。

「這是怎麼說？」田騈略感意外。

「我鄰居的女兒，三十歲了，總講不願結婚，可是已經連生了七個孩子；婚是沒有結，卻比結了婚的還會生孩子。」齊國人說，「先生您總講不願做官，可是門徒上百，收入上萬；官是沒有做，也比做官的還會弄錢呀！」

田騈連忙中止接見，轉身走開了。

◉念樓曰

戰國時學術獨立，知識分子自由講學，地位和收入有時多一些，倒是好社會的好現象。我想那個齊國人未必對此有意見，而是田騈的「高議」調子太高，議得太多，惹惱了他，才會跑到稷下來，開了這個不大不小的玩笑。

諸子百家中，我最佩服的是莊子，最喜歡的卻是許行。自己的信仰自己堅持，自己的主張自己實行，何必皇皇如也大肆宣傳，更何必「設為」這「設為」那，惹得愛清淨的人生氣。當然，若是講的一套，做的又是一套，那就更加要不得了。

說 客

🔵 學其短

[子象論中立]

齊楚構難，宋請中立。齊急宋，宋許之。
子象為楚謂宋王曰：「楚以緩失宋，將法
齊之急也。齊以急得宋，後將常急矣。是
從齊而攻楚，未必利也。齊戰勝楚，勢必
危宋；不勝，是以弱宋干強楚也。而令兩
萬乘之國，常以急求所欲，國必危矣。」

‖ 戰國策 ‖

◎ 本文錄自《戰國策·楚一》。
◎ 子象，楚之辯士。

念樓讀

齊楚兩國相爭，夾在齊楚之間的宋國，原想保持中立。齊國施壓逼迫宋國表態，宋國只好表示支持齊國。子象便替楚王做說客，對宋王道：

「楚國沒有對宋國施壓，反而失去了支持，便一定會學齊國的樣來施壓。齊國一施壓就得到了支持，今後更會不斷向宋國施壓。使兩個擁有強大軍事力量的大國都來施壓，宋國豈不太危險了麼？

「『一邊倒』跟着齊國去打楚國吧，如果打勝了，齊國獨霸天下，首先吞併的必然是宋國；如果打敗了，弱小的宋國又哪能抵抗強大的楚國呢？」

念樓曰

子象為楚遊說宋王，是典型的說客行為。說客也就是辯士，其辯才的確了得，三言兩語便把利害挑明了。

子象勸宋王不要一邊倒，而要對齊國打楚國牌，對楚國打齊國牌，在大國之間保持平衡，保持中立。從地緣政治看，這的確是高明的外交政策，比把自己捆在老大哥戰車上強得多。

說客不為君王所用時，亦只是一介匹夫，卻可以對外交政策、國際關係說三道四。若在前時伊拉克，又有誰敢對薩達姆聯誰反誰發表半點不同意見呢？故我雖不很喜歡說客，卻很羨慕說客們所處的環境。

聽 音 樂

學其短

［田子方諫文侯］

魏文侯與田子方飲酒而稱樂。文侯曰：「鐘聲不比乎？左高。」田子方笑。文侯曰：「奚笑？」子方曰：「臣聞之，君明則樂官，不明則樂音。今君審於聲，臣恐君之聾於官也。」文侯曰：「善。敬聞命。」

‖ 戰國策 ‖

◎ 本文錄自《戰國策・魏一》。
◎ 田子方，孔子弟子子貢的學生，戰國時期有名的賢人。
◎ 魏文侯，名斯，用李悝變法，魏以富強，北滅中山，西取秦三河之地。

念樓讀

魏文侯請田子方喝酒，旁邊奏起了音樂。文侯聽着，說道：「這編鐘的音沒調準嗎？聽起來不協調，左邊的偏高呀。」

田子方沒答話，只微微一笑。

「先生笑甚麼呢？」文侯問。

「我聽說，賢明的國君，心思都放在國事上；不賢明的國君，心思才放在吹打彈唱上。」田子方道，「現在您這樣精通音樂，對於國家的政事，我怕您就會不那麼精明了。」

「先生說得好。」文侯道，「我一定會記住您的教導。」

念樓曰

好聲色乃人之常情，但君王並非常人。他擁有非常的權力，就該負起非常的責任，要對國家前途、人民福祉負責，不應該像李後主和宋徽宗那樣沉浸在藝術裏。後主和徽宗放棄自己的責任，只知利用特權追求聲色之樂，個人雖博得多才多藝的名聲，南唐和北宋末世的老百姓就慘了。

如果並沒有李煜和趙佶的才能，卻偏喜歡作藝術秀，要人來瘋，見了舞台就想登場表演，那就比後主和徽宗都不如，更比不上魏文侯，只能歸入唐昭宗一類。

當然，在這樣的「玩君」統治下，更不會出現田子方。

牛馬同拉車

學其短

[公孫衍為魏將]

公孫衍為魏將，與其相田繻不善。季子為衍謂梁王曰：「王獨不見夫服牛驂驥乎？不可以行百步。今王以衍為可使將，故用之也；而聽相之計，是服牛驂驥也。牛馬俱死而不能成其功，王之國必傷矣。願王察之。」

‖ 戰國策 ‖

◎ 本文錄自《戰國策・魏一》。
◎ 公孫衍，號犀首，原為秦臣，後入魏為將。
◎ 田繻，即田需，魏相國。
◎ 季子，辯士一流人物。
◎ 梁王，即魏王。魏都大梁（今開封）。

念樓讀

公孫衍到了魏國，被任命為大將，卻感到無法和相國田需合作。辯士季子為了幫助他解決這個問題，便去見魏王，對王道：

「大王您見過牛駕轅馬拉套的車子嗎？無論怎麼趕，連一百步也走不了。您因為公孫衍有將才，才用他為將，可是又要田需給他拿主意；這真是捉了黃牛來駕轅，卻叫馬拉套，牛馬都累死了也是到不了目的地的，吃虧的卻是大王的國家，您恐怕得考慮考慮。」

念樓曰

古時馬和牛都駕車，王愷的「八百里駁」便是有名的快牛。但牛和馬不同的一點，便是馬可以有三駕馬車，甚至四馬車、六馬車，牛卻只能單幹。此乃物性之異，亦猶鴨可以成羣放養，雞卻無法成行齊步走。故要馬跟牛一起來拉車（服牛驂驥）確實難以做到。就是牽一頭牛來讓兩匹馬夾着牠站在那裏，牛馬也會各自走開，不會「團結」在一塊。

隨便舉出一兩個人們共見共知的例子，使聽者接受自己的意見，而且心悅誠服，此是戰國策士（辯士、說客）的擅場之技，但也得君王能聽和肯聽。若為君者自恃「英明」，兼天地親師於一身，偉大領袖和偉大導師一肩挑，自然聽不進下面的意見，那就哪怕再會說也無用。

狗咬人

學其短

[白圭說新城君]

白圭謂新城君曰:「夜行者能無為奸,不能禁狗使無吠己也。故臣能無議君於王,不能禁人議臣於君也。」

‖ 戰國策 ‖

◎ 本文錄自《戰國策‧魏四》。
◎ 白圭,魏大夫,後為相。
◎ 新城君,魏國的重臣。

念樓讀

　　新城君在魏國位高權重，怕遭忌刻，對於別人在魏王面前議論自己非常敏感，因為白圭常見魏王，身邊人提醒他，得防着白圭一點。白圭知道以後，便對新城君道：

　　「夜裏在外面走的人，不一定非奸即盜；他能夠保證自己沒做壞事，卻不能保證人家的狗不對着他叫。同樣的，我能夠保證自己不會在大王面前議論你，卻不能保證別的人不在您面前說我啊！」

念樓曰

　　現在養狗看家的比較少了。五十多年前，不要說在鄉下，就是在城裏到陌生人家去，或走其旁邊經過，常得提防被狗咬。抗戰時期疏散到山村中的學生，對此尤其印象深刻。其實真正被咬的也不多，不過那露出白牙咆哮着猛衝上來的惡形，膽小如我者確實很怕。

　　據說狗對你咆哮時，最好的辦法是朝牠作揖。荷馬史詩寫英雄阿迭修斯（即奧德修斯）回家，牧場的狗狂吠奔來，他立即蹲下身子，放下行杖，狗便走開了。亞里士多德說得好，對於卑屈的人怒氣自息，狗也不咬屈身的人。這可以做作揖之說的注解。但也有人說，狗停止進攻是怕人彎腰撿石頭，未知孰是。

　　如今的狗都成了寵物，見生人就狂吠的是少了，咬自家人的倒是見到過一兩回。此蓋是狗之變性，誰遇上了只能自認倒霉。

不是時候

學其短

[衞人迎新婦]

衞人迎新婦。婦上車，問：「驂馬誰馬
也？」御曰：「借之。」新婦謂僕曰：「拊
驂無笞服。」車至門，扶，教送母：「滅灶，
將失火。」入室見臼，曰：「徙之牖下，妨
往來者。」主人笑之。此三言者，皆要言
也；然而不免為笑者，早晚之時失也。

‖ 戰國策 ‖

◎ 本文錄自《戰國策·宋衞》。

念樓讀

衞國有人家辦喜事，備了馬車去接新娘。新娘子上車時問：「拉套的馬是誰家的？」趕車人道：「是借來的。」新娘便道：「要鞭打就打拉套的馬，別打駕轅的。」

到了家門口，扶新娘下車時，新娘子又對伴娘道：「你看，火盆燒得太旺了，等下你快把它弄滅，怕失火。」

進到內院，見院中放着個石臼，新娘又說：「這東西妨礙走路，得移到窗戶下面去。」

新娘子這三句話，都引起了駭笑。她的話說錯了嗎？沒錯，只是說的不是時候。

念樓曰

好像有人說過，這位新娘並不該受訕笑，「慎勿為好」乃是古人訓女的話，已不適用於今時了。一進門就當家做主，頗有新官上任的氣勢，正該慶幸收了個能幹的兒媳婦呢。但對於只打借來的馬不打自家的馬這一點，替新娘子說公道話的人卻沒說甚麼，大概他想要的正是這樣「能幹」的媳婦或老婆。

但是，說話的確不能說得不是時候。王造時說蘇聯不該承認「滿洲國」，梁漱溟說農民收入少生活苦更值得關懷，馬寅初說在中國不能提倡英雄母親多生孩子，羅隆基說糾正錯案要設立專門機構，「皆要言也，然而不免……者，早晚之時失也」，也是話說得不是時候啊。

莊子十篇

我 是 誰

學其短

［夢為胡蝶］

昔者，莊周夢為胡蝶，栩栩然胡蝶也，自喻適志與，不知周也。俄然覺，則蘧蘧然周也。不知周之夢為胡蝶與？胡蝶之夢為周與？周與胡蝶，則必有分矣。此之謂物化。

‖ 莊子 ‖

◎ 本文錄自《莊子‧齊物論》。《莊子》三十三篇，分內篇、外篇和雜篇，篇下再分章（本書統一稱篇）。
◎ 胡，通「蝴」。
◎ 莊子，名周，戰國時宋國蒙地（今河南商丘）人。
◎ 昔，可通「夕」。
◎ 喻，通「愉」。
◎ 本文中的前三個「與」字均通「歟」。

念樓讀

莊子晚上做夢，夢中自己成了一隻蝴蝶，在空中翩翩飛舞，十分自由快樂，一點也沒想到莊周是誰。霎時夢醒，卻還是原來的莊周，手是手，腳是腳，伸直了躺在牀上。

莊子於是乎想道：我是誰呢？是我夢中成了蝴蝶，還是蝴蝶夢中成了莊周呢？這兩種情況，難道不是同樣都有可能發生的麼？

我剛才感到很快樂，是因為我成了蝴蝶，能夠在空中自由地飛翔。這是兩腳落地的莊周從未體驗過，也根本不可能體驗到的。

蝴蝶和莊周是不同的「物」，感受才會不同。但「物」不可能永存，一覺也好，一生也好，總會要變化，要消亡。「物」如果「化」去了，感覺和意識等等一切還能不變嗎？

念樓曰

稱死亡曰物化，自莊子始。莊子以寓言述人生哲理，汪洋恣肆極矣。嘗謂莊子如能復活，肯定不會用電腦，而其智慧較現代人為何如？二千三百年來文章的進化，難道只表現在數量的增長膨脹上麼？

有人說白話文比文言文好，他自己的文章又是白話文中最好的，比莊子之文自然好得多。莊子夢中變為蝴蝶，他是高級文人，當然也會做夢，不知夢中變成了甚麼？至少也該是在進化樹上位置比蝴蝶高得多的某種哺乳動物罷。

千萬別過頭

學其短

［吾生有涯］

吾生也有涯，而知也無涯。以有涯隨無
涯，殆已。已而為知者，殆而已矣。為善
無近名，為惡無近刑。緣督以為經，可以
保身，可以全生，可以養親，可以盡年。

‖莊子‖

◎ 本文錄自《莊子・養生主》。
◎ 督，人背部的中脈。緣督，守中合道的意思。

念樓讀

人的生命是有限的，知識和成就則是無限的。以有限的生命去作無限的追求，人便會活得很累很累。明知如此，若還執迷不悟，更是枉拋心力，結果只會更糟。

人在社會上，不能不做大眾都認為該做的「好事」，但不必為了得到好名聲，做得過了頭。人有時亦難免做點大眾說是「壞事」的事，也不要做得過了頭，觸犯國家的法律和社會的準則。

總而言之，凡事都要循中道、依常理而行，千萬別過頭。這樣，人的精神和身體便能寬泰安詳，可以順其自然地生活了。

念樓曰

苦惱和麻煩，大都是做得過了頭造成的。作物適當密植本可增產，密得過了頭則會人為造出「自然災害」來。華羅庚用數學為生產服務本是好事，但算出葉子面積證明光合作用還有好大潛力，密植還可以再密，服務也服過頭了。他後來若不是硬不服老要出國講學，亦不至於倒在東京的講台上，還是吃了過頭的虧。

我本凡夫，頗多俗念，一生像玻璃窗內的蒼蠅，碰壁碰夠了，豈止過頭，沒碰斷頭已屬萬幸。行年七十，方知六十九年之非，讀龔定盦、瞿秋白「枉拋心力」之句，覺得悔悟真是來得太晚了。秉燭而行，寧可摸索，決不再盲從亂碰，庶幾可以盡年乎。

選擇自由

學其短

［曳尾塗中］

莊子釣於濮水，楚王使大夫二人往先焉，曰：「願以境內累矣。」莊子持竿不顧，曰：「吾聞楚有神龜，死已三千歲矣，王巾笥而藏之廟堂之上。此龜者，寧其死為留骨而貴乎？寧其生而曳尾於塗中乎？」二大夫曰：「寧生而曳尾塗中。」莊子曰：「往矣，吾將曳尾於塗中。」

‖ 莊子 ‖

◎ 本文錄自《莊子·秋水》。

念樓讀

莊子在濮水上釣魚，楚王派了兩位大夫先來，代表國王表示：「希望將楚國的事情煩累先生。」要莊子去做官。

莊子沒放下釣竿，頭也不回地道：「聽說楚國有隻『神龜』，已經死去三千年了，楚王將牠用絲綢包起，竹匣裝起，供奉在聖殿上。不知道這隻烏龜，是願意像這樣死去留下甲骨受供奉呢，還是寧願活着拖起尾巴在泥裏爬呢？」

「當然願意活着在泥裏爬。」大夫們回答。

「那麼，兩位請回吧。」莊子道，「讓我拖着尾巴在泥裏爬吧。」

念樓曰

與莊子同生活於二千三百多年前的古希臘智者第歐根尼，亦鄙視安富尊榮，居木桶中，冬日坐桶外曬太陽。征服世界的亞歷山大大帝屈尊步行前去看他，問：「想要我為您做點甚麼嗎？」他答道：「想請你走開，別遮了我身上的陽光。」

在權威面前，第歐根尼和莊子都選擇了自由。

儒家以「學而優則仕」為理想和責任，每批評莊子消極。古希臘智者則學而優不必仕，講學當辯護士靠施捨（如 D 氏）均可維持物質的生活，以保持精神的自由。莊子選擇自由，釣於濮水卻未必能養生，不做大官仍不得不做漆園吏。如果到濮水上來的不是楚大夫而是秦皇帝，頂撞他（秦皇帝）又會有怎樣的後果？想想也是很有趣的。

真能畫的人

學其短

[解衣盤礴]

宋元君將畫圖，眾史皆至，受揖而立，舐筆和墨，在外者半。有一史後至者，儃儃然不趨，受揖不立，因之舍。公使人視之，則解衣盤礴，裸。君曰：「可矣，是真畫者也。」

‖ 莊子 ‖

◎ 本文錄自《莊子‧田子方》。
◎ 宋元君即宋元公，莊子之前五六代的國君，《莊子》是把他作為寓言中的人物來寫的。
◎ 儃，此處讀「tǎn」音。儃儃，很閒散很放鬆的樣子。
◎ 盤礴，箕坐，即將兩腿屈曲分開而坐，是一種放鬆的姿勢。

念樓讀

宋元公想要一幅畫，畫師們應召而至，見過國公行過禮，都擠着站在國公的周圍。差不多有半數人無法靠近，只好站在圈子外邊。大家揀的揀筆尖，調的調彩墨，都專心致志地等着國公交任務。

有一位畫師卻到最後才從從容容地到來，上殿也不像別人那樣急步走，見過國公行過禮後，知道要畫畫，便不再侍立，轉身回去了。

元公注意到他，叫人跟着去察看。只見他回到屋裏，把衣裳一脫，打起赤膊，岔開兩條腿坐着，顯出十分放鬆的樣子。

元公聽說後，高興地道：「行啦，這才是真能畫的人呀！」

念樓曰

聞風而動，爭先恐後，此乃文藝侍從之常態。既靠領導吃飯，就不能不看領導的臉色，貼身緊跟便是最要緊事，不然又怎能了解領導意圖呢？而領導多是外行，要的首先是揀筆頭、調顏色這樣的場面，即所謂「文化搭台」。只要經費批到了手，再找別人來「創作」也容易，反正畫得好不好並不重要，重要的是先擠進圈子去察言觀色、先意承志。

這次宋元公卻不從圍在身旁揀筆頭的畫師中選拔，偏偏看中了脫衣解帶打赤膊的這一位，實在是例外。

得心應手

● 學其短

[捶鉤者]

大馬之捶鉤者，年八十矣，而不失豪芒。
大馬曰：「子巧與？有道與？」曰：「臣有
守也。臣之年二十，而好捶鉤，於物無
視也，非鉤無察也。是用之者，假不用者
也，以長得其用，而況乎無不用者乎！物
孰不資焉？」

‖ 莊子 ‖

◎ 本文錄自《莊子・知北遊》。
◎ 大馬，即大司馬，管軍事的大官。
◎ 與，同「歟」。

念樓讀

大司馬那裏，有個鍛造鈎刀的工匠，已經八十歲了。他打出來的鈎刀，每一把的輕重都一樣，從來不差分毫。

有次大司馬問這個老工匠：「你幹得這樣好，是因為手巧呢，還是另外有甚麼原因呢？」

他答道：「是因為我有我自己的一套方法。從二十歲起，我就幹上了打鈎，眼裏看的全是鈎，心中想的也全是鈎。對別的事物我全不關心，專心致志的只有打鈎一件事。久而久之，就能得心應手，所有工序都很純熟，所有器材都聽支配，自然而然便能鍛造出輕重一樣的鈎刀了。」

念樓曰

原文中的「鈎」，諸家均釋為帶鈎。帶鈎係青銅鑄成（用失蠟法），有的還要嵌金銀，根本捶（鍛打）不得。戰國時已經用鐵，這應該是鐵打的武器才對，也才會歸管兵的大司馬管。帶鈎屬於民品，得歸大司空管。

鍛件每件重量不差毫分，只有用模鍛的方法才能做到。八十歲老鍛工說，他有自己的一套方法，應該就是模鍛法。

古人云，六經皆史，諸子亦何獨不然。莊子的文章「大率皆寓言也」，但涉及「形而下」的事物時並不外行。這一節文章，除了哲學和文學的價值外，還有工藝史的價值。

沒有對手了

學其短

［郢人］

莊子送葬，過惠子之墓，顧謂從者曰：「郢
人堊漫其鼻端若蠅翼，使匠石斫之。匠石
運斤成風，聽而斫之，盡堊而鼻不傷。郢
人立不失容。宋元君聞之，召匠石曰：『嘗
試為寡人為之。』匠石曰：『臣則嘗能斫
之，雖然，臣之質死久矣。』自夫子之死
也，吾無以為質矣，吾無與言之矣。」

‖ 莊子 ‖

◎ 本文錄自《莊子·徐無鬼》。
◎ 惠子，即惠施，莊子的友人。
◎ 郢人，楚國郢都地方的人。
◎ 匠石，姓石的匠人。

念樓讀

莊子送葬經過惠子的墳墓時，回頭對跟隨的人說：

「有個郢都人，在自己鼻尖上塗一小點白粉，薄得像蒼蠅的翅膀，叫匠石把它弄掉。匠石掄起他的斧子，呼呼生風，順勢斫下來，白粉乾乾淨淨地削掉了，鼻尖卻絲毫沒有傷着。郢人站在原處紋絲未動，面不改色。

「後來國君聽說了，把匠石找來道：『給我再幹一次。』匠石道：『我的確斫過，可是，給我做對手的郢人已經死掉了，沒法再幹了。』

「我也一樣。自從惠夫子死去，我也沒有對手了，沒有人可以交談了。」

念樓曰

斧子掄得呼呼地響，一斧斫掉了鼻尖上薄薄一層白粉，鼻子卻一點沒受傷，真是神了。我看，更神的卻是站在那裏的郢人。因為在鼻尖上塗粉雖然容易，人人都行；而在大斧迎面斫來時一動不動，面不改色，卻非得對對手的本領有充分的了解和絕對的信任不可，此則大難。莊子末了的幾句話，實在很是悲哀，因為他感到了深深的寂寞。

昔鍾子期死，伯牙終身不復鼓琴。蓋對手——知音本極難得，或有一焉，縱如莊惠辯駁不休，也還不會寂寞。若早早去了，或因他故中道分乖，便是人生最大的不幸，只能留下深深的遺憾。

儒生盜墓

⬤學其短

[詩禮發塚]

儒以《詩》《禮》發塚，大儒臚傳曰：「東方
作矣，事之何若？」小儒曰：「未解裙襦，
口中有珠。」「《詩》固有之曰：『青青之
麥，生於陵陂。生不佈施，死何含珠為？』
接其鬢，壓其顪，而以金椎控其頤。徐別
其頰，無傷口中珠。」

‖ 莊子 ‖

◎ 本文錄自《莊子·外物》。
◎ 臚傳，上對下發話。
◎「青青之麥」四句，《詩經》中沒有，注者或說是佚詩，其實
　更可能是莊子的創作。
◎ 顪，音 huì，這裏指腮下的鬍鬚。

🅝 念樓讀

儒家口口聲聲不離《詩》《禮》，有回大小兩個儒生去盜墓，大的站在外邊發問道：「東方快亮啦，幹得怎麼樣了？」

「裏衣裏裙還沒脫下來哩，口裏倒是含了顆珠子。」小的在墓穴裏答道。

「有珠子好呀！《詩》不是這樣吟唱的麼：

青青的麥苗兒呀，長滿在山坡上呀。

生前不做善事呀，別把珍珠陪葬呀。

你快抓住他的頭髮，按住他的鬍鬚，用錘子壓住他的下巴，再慢慢扒開他的雙頰，——這時要特別注意，千萬別弄壞了這口裏的珠子呀！」

🅝 念樓曰

盜墓賊看來古已有之，一面吟誦着儒家經典的《詩》，一面掘開墓穴去剝死人衣裳，扒開死人嘴巴去掏裏頭的珍珠的盜墓之「儒」，則很可能只會出現在莊子的筆下。

但轉念一想，對比度大得令人難以置信的事情，其實並不罕見。陳希同和學生對話時，被問及多少級別拿多少錢，他兩手一攤：「多少級？一下子真記不起。多少錢？總有好幾百元吧，細數沒注意過，反正夠用了。」十足口不言錢的清廉相，背地裏卻正在造高級別墅，受巨額賄賂。胡長清副省長作報告大講共產主義道德，皮包裏卻揣着一個假身分證和一包春藥。如此之大的反差，又豈是大儒小儒可比的呢？

無用之用

學其短

［惠子謂莊子］

惠子謂莊子曰：「子言無用。」莊子曰：「知無用，而始可與言用矣。夫地，非不廣且大也，人之所用容足耳。然則廁足而墊之致黃泉，人尚有用乎？」惠子曰：「無用。」莊子曰：「然則無用之為用也亦明矣。」

‖莊子‖

◎ 本文錄自《莊子‧外物》。

念樓讀

惠子對莊子道：「你說的這些道理，我看都是無用的。」

「知道甚麼是無用，便能討論甚麼是有用了。」莊子回答道，「像你和我站在上面的大地，難道說它還不寬不厚嗎，但此刻對於你和我來說，有用的卻只有腳底下這一小塊。可是，如果把除了這塊以外的地都挖掉，一直深挖到九泉，我和你站腳的這一塊還有用麼？」

「當然沒有用了。」惠子說。

「那麼，『無用』的用處，豈不十分明白了麼？」莊子說。

念樓曰

《辭海》稱莊子為哲學家，通常都如此說。但古無所謂哲學，這名詞還是十九世紀才從日本拿來的。

我這個人沒有哲學頭腦，很怕學哲學。二十世紀五十年代被編入「中級組」，學米丁、康斯坦丁、斯大林的哲學著作，還要寫筆記作發言，思之猶有餘悸。後來到了街道上，「全民學哲學」，那麼多文章，讀得頭昏腦脹，不讀又不行，更是難忘。而莊子此文，卻輕靈雋永，實在是絕妙的散文小品，閃爍着智慧的光輝。讀來不禁要問，這也是哲學麼？

日文「哲學」源出西文 philosophy，意為「愛智慧」，這才對了，莊子真愛智者也。

寂寞

學其短

[得魚忘筌]

筌者所以在魚，得魚而忘筌。蹄者所以在兔，得兔而忘蹄。言者所以在意，得意而忘言。吾安得夫忘言之人而與之言哉！

‖ 莊子 ‖

◎ 本文錄自《莊子·外物》。

◎ 筌，此指一種用竹篾製成的漁具，湖南人稱為簄（音 háo）。簄在《漢語大字典》中只釋為竹篙，但確實有一種讀做「háo」的漁具，只能寫成「簄」字。

◎ 蹄，此指一種用夾腳的辦法捕小獸的獵具，現在多稱之為弶。

●念樓讀

放在水中讓魚進來，一進來便出不去的那種用篾編成的「籗」，是為了魚才設置的。人如果捕到了魚，籗便可以擱在一邊了。

裝在草地上讓兔子踩，一踩腳便被夾住，跑也跑不脫的弳，是為了兔子才裝起的。人如果捉住了兔，弳便可以擱在一邊了。

長長短短的話，都是為了讓人明白自己的意思，才講給他聽的。人們如果理解了你的意思，那些話也可以擱在一邊了。

唉！怎樣才能遇到那能夠理解我的意思的人，來和我交談啊！

●念樓曰

讀這一篇，也和讀《郢人》一樣，深深地感覺到了莊子的寂寞。

寂寞恐怕是具大智慧和大憐憫心者必然的心情。所以，愛羅先珂才會不停地訴苦道：

寂寞呀，寂寞呀，在沙漠上似的寂寞呀！

有島武郎也才會在自述中說：

我因為寂寞，所以創作。

這恐怕也是《莊子》三十三篇的成因吧。

孔子誨人，是為了理想。墨子垂言，是出於責任。蘇秦、張儀掉舌，是為了榮利。莊子和他們都不同，他是為了不寂寞。但打比喻作寓言，竭智盡心，理解者恐終難得。空有運斤成風的本領，卻碰不到對手，終不能不寂寞矣。

少宣傳

學其短

[知道易勿言難]

莊子曰：「知道易，勿言難。知而不言，所以之天也；知而言之，所以之人也。古之人，天而不人。」

‖莊子‖

◎本文錄自《莊子・列禦寇》。

念樓讀

莊子說：「要弄明白一個道理，還是比較容易的；明白道理以後，要能夠含蓄，不急於宣傳，急於發表，那就比較難了。

「求知不是為了教化別人，是為了使自己能了解世界，能找到回歸自然、通向天人合一境界的途徑。一有所知就想宣傳，則是為了使別人了解自己，為了從別人那裏達到自己的目的。

「古時（理想）的人取的是前一種態度。」

念樓曰

孔子也說過：「古之學者為己，今之學者為人。」這和莊子所說「古之人，天而不人」，倒似乎多少有一點可以相通。

現在一說為己，好像便成了「個人主義」。其實先聖昔賢的「為己」，絕非滿腦子升官發財，「為人」也不是指戴上白手套到校園拾垃圾，指的是出世和入世兩種不同的人生觀。

孔子承認古之學者高明，自己卻要入世，「三月無君，則皇皇如也」，東奔西走，惹得和莊子一派的長沮、桀溺在旁邊講風涼話。他們倆對世事也看得清，卻不耐煩去管別人，在孔門弟子看來自然不免消極。但「滔滔者天下皆是也」，即使是聖人，又能有甚麼法子？若是太積極了，一心只想治國平天下，一手拿寶書、一手拿劍地大幹，子民們來不及接受教化便掉了腦袋，豈不太慘了。

詔令十四篇

將 許 越 成

學其短

［告諸大夫］

孤將有大志於齊，吾將許越成，而無拂吾
慮。若越既改，吾又何求；若其不改，反
行，吾振旅焉。

‖ 吳王夫差 ‖

◎ 本文錄自《國語・吳語》。
◎ 吳王夫差，公元前四九五年至前四七三年時的吳王。

念樓讀

　　孤王爭霸的最大目標是齊國，因此決定接受越國乞和結盟的請求，羣臣不得干擾此一戰略部署。越國若能從此改變對我國的態度，我的目的即已達到；如若不改，打敗齊國回來，再發兵懲罰它就是了。

念樓曰

　　吳王夫差認為越王勾踐已經完全臣服於他了，決定不再乘勝追擊，不再滅亡越國，而要舉全國之兵，北上與齊爭霸。

　　此詔令要言不煩，幾句話便將改變戰略方針這件大事說清，又解除了諸大夫心中對越國的疑慮，可謂有一定道理，算得上好文章，故將其列為詔令十四篇之一（按時間先後也該它第一）。

　　霸主梟雄也有寫得出好文章的，因為他們有一股王霸之氣，而被「培養」出來的二世祖三世祖便不行。夫差此文，雖寫得好，但可惜對形勢估計錯誤，尤其是對勾踐估計錯誤，殺掉伍員帶兵北上後，越軍就來攻姑蘇，讓伍員被砍下的頭顱在城門樓子上乾瞪眼。（伍員人頭並未掛城門，姑從俗說言之。）

　　不以成敗論英雄，看歷史故事，楚漢相爭，吳越春秋，都是如此。夫差勝利時對失敗者能寬大，失敗後要求對手給予同等待遇被拒絕時不怕死，形象至少是完整的，也不難看。若勾踐敗後帶上老婆同為臣妾，嚐糞舔痔甚麼都俯首甘為，一翻盤就「宜將剩勇追窮寇」，只認江山不認人，連文種、范蠡都不認，就太窮形惡相了。

約法三章

學其短

［入關告諭］

父老苦秦苛法久矣，誹謗者族，耦語者棄市。吾與諸侯約，先入關者王之。吾當王關中，與父老約，法三章耳：殺人者死，傷人及盜抵罪。餘悉除去秦法。吏民皆安堵如故。凡吾所以來，為父兄除害，非有所侵暴，毋恐。且吾所以軍霸上，待諸侯至，而定要束耳。

‖ 漢高祖 ‖

◎ 本文錄自《全漢文》卷一。
◎ 漢高祖劉邦，公元前二〇六年至前一九五年在位。

● 念樓讀

父老們在秦朝的嚴法重刑壓迫下，受的苦太多，也太久了。敢說上頭不是，就會滿門抄斬；互相發幾句牢騷，也要殺頭示眾。言之痛心。

各路義軍前已商定，誰先攻入函谷關，即在關中為王。我軍最先入關，即應在此負責。為了維持秩序，現與父老們協商，先立法三條：殺人償命，傷人和搶劫的，分別治罪。其餘秦朝的苛法，均一概廢除。希望全體官民都能各安其業。

我軍起義滅秦，一心為民除害，決不侵害百姓，大家切勿驚慌。部隊出城駐在霸上，是為了等待各軍領袖前來，共同安排善後，並無他意。

● 念樓曰

此是西漢開國第一篇大文章，體現了漢高祖和蕭何、張良等人很高的政治水平和政策思想。

第一句「父老苦秦苛法久矣」，就很得人心。秦法之苛，苛就苛在不給人民思想言論自由，提倡告密，大搞鬥爭，鎮壓嚴，株連廣。秦得天下不過十四年，並不久，人們都受不了，就覺得久了。

說先入關是「為父兄除害，非有所侵暴」。不宣揚暴力，叫大家「毋恐」，承諾了免於恐懼的自由，這比送礦泉水可能更有效。

宣佈還軍霸上「待諸侯至」，緩稱王，不搶先摘桃子，也是高明的策略，想必出於子房（張良），不是做亭長和沛縣小吏的人想得到的。

千里馬

學其短

[卻獻千里馬詔]

鸞旗在前，屬車在後。吉行日五十里，師行三十里。朕乘千里之馬，獨先安之？朕不受獻也。其令四方毋求來獻。

‖ 漢文帝 ‖

◎ 本文錄自《漢書‧賈捐之傳》。
◎ 漢文帝劉恆，公元前一八〇年至前一五七年在位。

念樓讀

皇家的儀仗隊走在前頭，隨行車輛跟在後面。按照常規，參加慶典的日行速度是五十里，大隊人馬行軍一日只走三十里。如果騎着你們給我送來的千里馬，一個人我能夠先跑到哪裏去呢？

所以，這千里馬對我實在沒有甚麼用處，我並不需要牠。特此佈告天下，再也不要尋求這類稀罕東西來貢獻了。

念樓曰

一百多年以後，漢元帝初元元年（公元前四十八年）珠崖（在海南島）又反，元帝欲發軍擊之。賈捐之時待詔金馬門，建議以為不當擊，說從前孝文皇帝「偃武行文」，絕逸遊，塞貨賂，引此詔以為證。

漢文帝本是以儉德著名的明君，「卻千里馬」卻得好，明發詔書使天下咸與聞之，公開打馬屁精一個大嘴巴，則做得更好。

都承認權力帶來腐化，其實從當權者的個人品質看，亦未必個個生來就是壞坯子。許多人都是吃了獻千里馬拍馬屁唱頌歌的小人的虧，才由清醒變得糊塗，胡作非為起來。

若是本來就有誇大狂、妄想症傾向的人做了皇帝，更會忘乎所以，大幹荒唐事，結果是禍延國家民族，害死上千萬人。修阿房宮，坐龍船逛揚州，猶其小焉者也。

非 常 之 人

學其短

[求賢詔]

蓋有非常之功，必待非常之人。故馬或奔踶，而致千里；士或有負俗之累，而立功名。夫泛駕之馬，跅弛之士，亦在御之而已。其令州郡察吏民，有茂材異等，可為將相，及使絕國者。

‖ 漢武帝 ‖

◎ 本文錄自《全漢文》卷四。
◎ 漢武帝劉徹，公元前一四一年至前八七年在位。
◎ 跅（音 tuò）弛，放蕩不羈。

念樓讀

不平凡的事業，需要不平凡的人才。千里馬往往不易調教，幹大事的人，也難免別人對他有看法。好馬沒有被馴服時，可能弄翻過馬車；不一般的人若未能得到重用，也常常會不大守規矩。問題只在於怎樣駕馭、怎樣使用他們。

茲命令：各州郡主官注意從本地方各級官吏、讀書人和普通百姓中，發現和選拔有突出能力的人才，特別是足以擔當軍政要職，以及能出使遠方外國，完成重要使命的。

念樓曰

漢武帝本人也是一個非常之人，又是一個想建非常之功的非常之主，這求賢詔更是其非常之舉。我曾有句云，「能使人奴擁鉞旄」，謂其用衛青為大將軍也。這個「從奴隸到將軍」的紀錄，好像過了兩千多年才打破。

有衛青等為將，有張騫等「使絕國」，這位非常之主的確建立了非常之功。但非常之主卻是非常不容易伺候的，《漢書》中說，在公孫弘後「繼踵為丞相」者六人，僅有一人能終其位，「其餘盡伏誅」；「飛將軍」李廣功最多卻不得封侯，後因失道細故被迫自殺；太史公司馬遷管「文史星曆」，為李陵講了幾句話，竟被處了宮刑。這都是非常之人在非常之主手下遭非常之禍的例子。

看將起來，平常之人，還是選擇平常之主為好。

關心低工資

◉ **學**其短

［益小吏俸詔］

吏不廉平，則治道衰。今小吏皆勤事，而
俸祿薄，欲其毋侵漁百姓，難矣。其益吏
百石以下俸十五。

‖ 漢宣帝 ‖

◎ 本文錄自《全漢文》卷六。
◎ 漢宣帝劉詢，公元前七三年至前四九年在位。

念樓讀

官吏不廉潔，辦事不公平，國家的政治就會混亂。現在的低級官吏要做的工作並不少，工資卻實在微薄。如果吃飯的問題都不能解決，想要他們不從老百姓身上打主意，恐怕就困難了。茲決定：俸祿在一百石以下的人員，加俸十五石。

念樓日

中國官吏的薪水從來都不高。查《大清會典》，文職官之俸，一品歲支銀一百八十兩，二品一百五十五兩，三品一百三十兩，四品一百五兩，五品八十兩，六品六十兩，七品四十五兩，八品四十兩，正九品三十三兩有奇，從九品、未入流三十一兩有奇。四品知府相當於今之地廳級，七品知縣則是縣處級，都不能算「小吏」。如果以清朝的八品官為例，年薪四十兩，即白銀一千二百五十克，以每公斤白銀為人民幣三千元計算，合人民幣三千七百五十元，月收入僅三百一十二元五角。

漢宣帝給每年俸祿百石以下的小吏加俸十五石，西漢一石約三十公斤，一百一十五石的俸祿約三千四百五十公斤糧食，折合人民幣六千元，月收入約五百元。加俸以後的小吏，還會不會「侵漁百姓」呢？

「三反五反」運動中當積極分子，聽傳達說貪污分子可以分幾類定處分重輕，「吃飯的」（工資不夠維持生活的）從輕，「養漢的」（為了亂搞兩性關係的）從重，「操蛋的」（弄了錢去進行反革命活動的）則殺無赦。如今公務員一家溫飽不會有問題，貪污為了「吃飯的」總該沒有了吧。

給老同學

學其短

［與嚴光］

古大有為之君，必有不召之臣；朕何敢臣子陵哉？惟此鴻業，若涉春冰；譬之瘡痏，須杖而行。若綺里不少高皇，奈何子陵少朕也？箕山潁水之風，非朕所敢望。

‖ 漢光武帝 ‖

◎ 本文錄自葉楚傖《歷代名家短箋》。
◎ 嚴光，字子陵，少時與光武同遊學，光武即位後隱居不出。
◎ 漢光武帝劉秀，漢高祖九世孫，東漢王朝的創建者，公元二五年至五七年在位。

◉ 念樓讀

古時有作為的君王，都有以賓師之禮相待的友人；我怎敢將子陵看成臣下，隨隨便便召喚你呢？

但是，擔負着國家的重任，我像是在薄冰上行走；又如腿腳受了創傷，確實需要扶助。如果說，當年的綺里季並未小看高皇帝，張良請他出山保太子他肯來，難道今天的嚴子陵卻定要看不起我這個坐江山的老朋友嗎？從前許由寧願老死在箕山，聽說堯帝要請他出山就跳進潁河洗耳朵，未免太矯情，相信你總不會學着他那樣做吧。

◉ 念樓曰

讀《後漢書》，知嚴光「少有高名，與光武同遊學」，而光武卻是「年九歲而孤，養於叔父」，得「勤於稼穡」，後來才讀書，「略通大義」。兩人同學，很可能嚴光還有幾分優越感。

及光武即位，（光）乃變姓名，隱身不見。帝思其賢，乃令以物色訪之。後齊國上言，有一男子，披羊裘釣澤中。帝疑其光，乃備安車玄纁，遣使聘之，三反而後至。

此詔應是在使者「三反」時寫的，給足了老同學面子。

嚴光為何隱身不見，召之不來呢？無非是殘存的優越感也就是自尊心作怪。三召四召，不還是來了嗎？前人有詩：

一着羊裘便有心，虛名浪說到如今；

當年若着漁蓑去，煙水茫茫何處尋。

古時又沒有戶口管理制度，真要逃名，還會逃不掉嗎？

對吳宣戰

學其短

[與孫權書]

近者奉辭伐罪，旌麾南指，劉琮束手。今
治水軍八十萬眾，方與將軍會獵於吳。

‖ 曹操 ‖

◎ 本文錄自《全三國文》卷三。
◎ 孫權，字仲謀，此時據有江東六郡，後稱帝，國號吳。
◎ 曹操，字孟德，此時以「漢丞相」名義統治北方，旋封魏王，
　死後稱魏武帝。

念樓讀

此次奉命討逆，大軍南下，荊州劉表之子劉琮望風而降。八十萬人馬現已完成水戰訓練，即將開向東吳，準備同將軍的部下進行一次演習。

念樓曰

曹操自己沒有稱帝，卻是真正的帝王。帝王有的會打仗，卻不能文，如朱元璋、皇太極；有的有文采，卻不會治國用兵，如宋徽宗、李後主；更多的則既不能文又不能武，只能稱昏君、暴君，昏君不過多吸民脂民膏，暴君就要人民大流其血。

又能武又能文的帝王，曹操該排在第一。且不說《短歌行》《觀滄海》，就是這封在赤壁之戰前寫給孫權的宣戰書，一場八十萬人的大會戰，寫得如此輕鬆，毫不裝腔作勢，真是難得。如果換上別人，即使寫得出，又豈能舉重若輕如此。

曹操還有件事別的帝王無論如何也比不上，便是兒子個個強，他「有後」。《魏文帝集》和《陳思王集》，在漢魏六朝名家別集中，都跟《魏武帝集》一樣，被公認為第一流、上上品。在文學史上，「三曹」的地位比在政治史上更高，千秋萬世後還會有人要讀他們的作品。

別的帝王和準帝王也有自詡「文武雙全」的，卻大都「無後」。即使生養過的，生出來的比起曹丕、曹植來只能算弱智，也就等於「無後」了。

撫恤死者

[軍譙令]

吾起義兵，為天下除暴亂。舊土人民，死喪略盡；國中終日行，不見所識，使吾淒愴傷懷。其舉義兵已來，將士絕無後者，求其親戚以後之，授土田，官給耕牛，置學師以教之。為存者立廟，使祀其先人。魂而有靈，吾百年之後何恨哉！

‖ 曹操 ‖

◎ 本文錄自《全三國文》卷二。
◎ 曹操，見頁一八二注。
◎ 軍譙令，發佈於建安七年（公元二〇二年）曹操大軍駐譙（縣）時。

念樓讀

為了挽救國家，平息暴亂，我起兵征戰；根據地的人民，付出了慘重的代價，死事者極多。舊地重過，整天在路上走，居然見不到一張熟識的面孔，使我深深感到悲哀。

茲命令：為絕了代的陣亡將士從其親戚中選立後嗣，給他們分田地，買耕牛，讓他們受教育。還要為死者建立祠廟，以時祭祀。亡靈得到安息，我身後也就可以少一點遺恨了。

念樓曰

《三國志・魏書・武帝紀》：「太祖武皇帝，沛國譙人也。」沛國，郡名，在蘇魯豫皖相鄰處；譙，縣名，今安徽亳州市譙城區，是曹操的家鄉。中平六年，曹操「始起兵於己吾」，即今河南寧陵，去譙地不遠，「兵眾五千人」中譙人一定不少。打了十三年的仗，已經破袁紹，逐劉備，「天下莫敵矣」。再帶兵經過故鄉，此時「舊土人民，死喪略盡；國中終日行，不見所識」，正是「一將功成萬骨枯」的景象。

難得的是，此時曹操並未滿懷「功成」的喜悅和興奮，而能「淒愴傷懷」，只想為「將士絕無後者」尋找親人，繼承香火，立廟祭祀。四十七歲的曹操，認為要辦好這件事，自己百年之後，靈魂才會得到安息。這當然是迷信，與所作「神龜雖壽，猶有竟時；騰蛇乘霧，終為土灰」的唯物主義精神不合；但關心「無後」總是積德行善，他自己的兒子一個穩坐龍廷，一個才高八斗，雖然未必是善報，也總比身後凋零的強多了。

天災人事

⬤ **學**其短

[大水求直言詔]

暴雨為災，大水泛溢，靜思厥咎，朕甚懼
焉。文武百僚，各上封事，極言朕過，無
有所諱。諸司供進，悉令減省。凡所力
役，量事停廢。遭水之家，賜帛有差。

‖ 唐太宗 ‖

◎ 本文錄自《全唐文》卷六。
◎ 唐太宗，姓李，名世民，年號貞觀。

念樓讀

暴雨成災，洪水氾濫，乃是上天示警。作為國家元首，我實在應該承擔主要的責任。想起自己失德至此，我的心情十分沉重。希望文武百官都能指出我的過錯，把所見到所想到的統統指出來，不要有任何顧慮，不要有任何保留。

各地對京城包括宮中的各種供應即行核減。所有徵用民力之處，或即暫停，或即廢止。遭受水害的各地災民，均應按受災輕重，分別給予實物補助和救濟。

念樓曰

人類生活在大自然中，遭遇各種自然災害是難免的，即在科學技術發達的現代亦是如此，古代更是如此。那時候，人們只能祈求神靈的保佑，並將水旱蟲災看成上天的懲罰；從皇帝到百官，也將為民祈福視為自己應盡之責。

傳說商時有九年之旱，湯王裸身自縛在毒日頭下久曬，代人民受罰，終於感動上蒼，降了甘霖。漢文帝時「數年比不登，又有水旱疾疫之災」，他找原因首先就是「意者朕之政有所失，而行有過」。唐太宗「大水求直言」，也認為「天心示警」是針對君王的過失，所以要羣臣「各上封事，極言朕過」。這都是負責任的表現，用現代眼光看來雖不免迷信，比起硬要將「政有所失」說成「自然災害」的不負責任者來，政治道德究竟好得多。

模範君臣

學其短

[問魏徵病手詔]

不見數日，憂憤甚深。自顧過已多矣，言
已失矣，行已虧矣。古人云，「無鏡無以
鑒鬚眉」，可謂實也。比欲自往，恐勞卿，
所以使人來去。若有聞知，此後可以信來
具報。

‖ 唐太宗 ‖

◎ 本文錄自《全唐文》卷九。
◎ 魏徵，唐太宗的諍臣。

念樓讀

幾天不見，心中很是難過。反省我自己，過失確實不少，說過錯話，也做過錯事。常言道，不照鏡子，不知臉有多髒，現在我總算懂得這個道理了。

本想親自前往看望，又恐給你帶來不便。故派人送去此信，說明我的意思。你看到了甚麼，聽到了甚麼，想要說的話，盡可以寫信來，現在和以後都行。

念樓曰

唐太宗和魏徵，歷來被認為是模範君臣。魏徵善諫，唐太宗善納諫。但諫也有讓君王受不了的時候，唐太宗受不了，生了氣，魏徵便生病請假，唐太宗於是以手詔慰問。「自顧過已多矣，言已失矣，行已虧矣」，等於向魏徵作檢討。

毛澤東曾稱張聞天為明君，既有明君，則亦會有昏君，有暴君。毛又曾稱彭德懷為海瑞，「海瑞罵皇帝」，也以善諫出名；彭德懷學海瑞，卻成了「右傾機會主義分子」。雖然毛後來也對彭說過，「真理可能在你手裏」，有點像想納諫的樣子，彭仍不得不「含冤去世」。比起海瑞，尤其是比起魏徵來，彭德懷的遭遇和命運，真是太殘酷、太悲慘了。

史臣譽魏徵云，「前代諍臣，一人而已」；若無唐太宗，怎能有魏徵這樣善諫的諍臣。史臣讚太宗云，「從善如流，千載可稱，一人而已」；若無魏徵，又怎能有太宗這樣善納諫的明君啊。

南下三條

●學其短

［敕曹彬伐南唐］

江南之事，一以委卿。切勿暴掠生民。務
廣威信，使自歸順，不須急擊也。城陷之
日，慎毋殺戮；設若困鬥，則李煜一門，
不可加害。朕今匣劍授卿，副將而下，不
用命者斬之。

‖ 宋太祖 ‖

◎ 本文錄自《宋朝事實類編》。
◎ 宋太祖，趙匡胤，公元九六〇年至九七六年在位。
◎ 曹彬，北宋大將。
◎ 南唐，五代十國之一，都金陵（今南京）。
◎ 李煜，南唐後主。

● 念樓讀

　　大軍南下，平定南唐的行動，即由曹彬全盤負責，應注意者有三條：

　　一、嚴禁侵害江南百姓；

　　二、不必急於軍事攻擊，應先施加政治壓力，迫使南唐政權歸順中央；

　　三、兵入金陵，殺人越少越好；即使遇到抵抗，亦必須保證李煜一家的生命安全。

　　另發去寶劍一口，有不遵令者，即以此劍斬之。

● 念樓曰

　　中國歷來自誇「大一統」，地廣人多，其實「合久必分」總是免不了的，戰國七雄便是七個獨立國，三國演義便是三個獨立國。最熱鬧的十六國，中央政權之外，還有十六個獨立國。五代十國，也到宋太祖大軍南下，才「分久必合」。

　　南唐是由唐末藩鎮割據形成的國家。公元八九二年楊行密為淮南節度使，據揚州，九〇二年迫唐室封其為吳王，四年後唐朝就被朱溫滅亡了。九三七年徐知誥代楊氏稱帝，遷都金陵，改姓李氏，他就是李後主的祖父。南唐土地富饒，文化發達，國力不弱，疆域曾包括蘇、贛、閩、皖南和鄂東，獨立局面本可多堅持些時日。可惜李後主只能做「詞中帝王」，又碰上了既有實力，又懂策略的宋太祖。「不須急擊」，好整以暇，統一反而很快便完成了。

不戴高帽子

⬤學其短

［上尊號不允］

今汾晉未平，燕薊未復，謂之一統，無乃
過談，仍曰太平，實多慚德。固難俞允。

‖ 宋太祖 ‖

◎ 本文錄自《全宋文》卷七。
◎ 宋太祖，見頁一九〇注。

念樓讀

山西還沒有平定，河北也尚待收復，說「統一」簡直是吹牛皮，講「太平」更等於放空炮，弄得我都不好意思了。你們想給我戴高帽子，我是絕對不會接受的。

念樓曰

宋開寶九年，即趙匡胤開國第十六年，也是他生命完結的那一年，北宋皇朝的勝利可說到達了頂點。心腹之患的南唐已被擊滅，臥榻之側無人鼾睡了。李煜老老實實做了「違命侯」，和南漢來的「恩赦侯」劉鋹一同匍匐在北宋皇帝腳下。留下來的吳越小國王錢俶，不敢不年年進貢歲歲來朝，剩下一個北漢也只有挨打的份。於是以晉王為首的群臣要為趙匡胤「上尊號」。趙匡胤卻還沒有被勝利沖昏頭腦，他以北漢割據政權尚未歸順，北方的遼國還是重大威脅為理由，堅決拒絕了。

所謂尊號，便是一頂高帽子，是給皇帝再加上一長串「光榮偉大」的稱呼。如雍正稱「敬天昌運建中表正文武英明寬仁信毅睿聖大孝至誠憲皇帝」，林彪高呼「偉大的領袖偉大的導師偉大的統帥偉大的舵手」……皆是也。高帽子戴在頭上不舒服，宋太祖堅決不接受，尚不失為正常人。

要給趙匡胤「上尊號」的晉王，便是匡胤之弟光義，後來的宋太宗。斧聲燭影之事雖未必有，在這裏他總也沒安甚麼好心。

不殺讀書人

學其短

［戒碑］

柴氏子孫有罪，不得加刑；縱犯謀逆，止
於獄中賜盡，不得市曹顯戮，亦不得連坐
支屬。不得殺士大夫及上書言事人。子孫
有渝此誓者，天必殛之。

‖ 宋太祖 ‖

◎ 本文錄自《全宋文》卷七。
◎ 宋太祖，見頁一九○注。
◎ 柴氏，被宋朝取代的後周最後一個皇帝本姓柴。

念樓讀

前朝柴氏子孫，如果犯罪，不可施加刑罰；即使謀反必須處死，也只能令其自盡，不可斬首示眾，更不可株連族屬。

不可殺天下的讀書人。

不可殺對朝廷提意見的人。

以上幾條，我都立過重誓。後世子孫，如有違背此誓的，必遭報應，切記毋忘。

念樓曰

《水滸傳》說，小旋風柴進「是大周柴世宗子孫，自陳橋讓位，太祖武德皇帝敕賜與他誓書鐵劵在家，無人敢欺負他」。「戒碑」上的對天發誓，大約便是《水滸傳》這樣說的根據吧，這些不說也罷。但趙匡胤立誓恪守，子孫不渝，其政治道德可信度，比起當時信誓旦旦，而口血未乾，即兵戎相見的甚麼「德蘇同盟」「日蘇互助」來，誰高誰低，豈不昭然若揭。

宋太祖的誓言中，最值得注意的是「不得殺士大夫及上書言事人」。這就是保證給讀書人以「上書言事」的自由，保證不以言治罪，以言殺人。

宋朝的國勢並不強，而文化昌盛，立國亦久（三百一十九年，比西漢二百一十四年，唐朝二百九十年都要久），恐怕與此不無關係。

民國開篇

學其短

[就職誓詞]

傾覆滿洲專制政府，鞏固中華民國，圖謀
民生幸福，此國民之公意，文實遵之，以
忠於國，為眾服務。至專制政府既倒，
國內無變亂，民國卓立於世界，為列邦公
認，斯時，文當解臨時大總統之職。謹以
此誓於國民。

‖ 孫文 ‖

◎ 本文錄自《孫中山全集》。
◎ 孫文，號逸仙，在日本曾化名中山樵，人稱中山先生，廣東
　香山（今中山）人。

念樓讀

推翻清朝專制政府，建立民主共和的中華民國，謀求民生幸福，這是國民的公意，我誓必遵從，對民國效忠，為民眾效力。

當專制政權全被打倒，國內秩序已經穩定，民國政府已經得到國際承認，屆時我即自動解除臨時大總統的職務，還政於民。

謹此宣誓。

念樓曰

民國元年（一九一二年）一月一日孫中山在南京就任臨時大總統時宣讀的誓詞，乃是民國開國第一篇大文章。只用了八十一個字，要說的話便都說清楚了，而且說得十分得體。

大文章難得短，尤難得體。民國之文，我見過實物的，以南京中山陵前的碑文——

中國國民黨葬總理孫先生於此

最為得體。字也莊嚴典重，恰如其分，不知道是不是譚延闓寫的，只知道如今已少有人能作擘窠大楷，字都得寫出來再放大。

孫中山是位演說家，並不以文名，「余致力國民革命」的遺囑要言不煩，措辭得體，乃是別人代筆，但仍可以傳世。

怕就怕像郭沫若題黃帝陵那樣。這當視如商周銘金、泰山刻石，只能敬謹將事，才對得起老祖宗，怎麼能以行書來寫，再署上個人姓名，難道不怕別人去日本醫院查花柳病的病歷麼。

奏對十四篇

脫禍求財

學其短

［為書辭勾踐］

臣聞主憂臣勞，主辱臣死。昔者君王辱於會稽，所以不死，為此事也。今既以雪恥，臣請從會稽之誅。

‖ 范蠡 ‖

◎ 本文錄自《全上古三代文》卷五。

◎ 勾踐，春秋時越國國君，公元前四九七年至前四六五年在位，以臥薪嘗膽報仇滅吳而著名。

◎ 范蠡，越國大夫，力助勾踐滅吳後，功成引退，變易姓名前往齊宋經商，成為巨富。

◎ 會稽，公元前四九四年，吳王夫差敗越於夫椒，遂入越，勾踐退守會稽（今浙江紹興），在此被迫求和。

念樓讀

道理本來是：主公如果為國事着急，臣子就應該加倍努力；主公如果被外國欺侮，臣子就應該抗爭到死。二十年前在會稽被迫降吳時，臣就該死；其所以不死，完全是為了報仇雪恥，爭取最後的勝利。現在國仇已復，國恥已雪，臣就該履行當時沒有履行的義務，從此和大王永別了。

念樓曰

古來為君主出力打天下的人，打得天下後稱為功臣，但隨即就會倒霉，即使不被「烹」掉，也得謹言慎行，夾緊尾巴做人，日子不會好過。於是，聰明人只有及時抽身，求得平安。張良去「從赤松子遊」，早就只以蒸梨為食，生活未免太苦；范蠡則偷渡出國，改名經商，發了大財，可算是「脫禍求財」成功的典型。

范蠡辭勾踐，勾踐也曾經挽留過，說「孤將與子分國而有之，不然，將加誅於子」。范蠡一聽，走得更堅決了，還寫信給文種叫他也快走，兔死狗烹的名言便是這時說出來的。文種不聽，很快便被勾踐賜劍逼令自殺了。

這裏有一個問題，既知兔死則狗烹，又知人君「可與共患難，不可與共樂」，得趕快設法脫禍求財，又何必當初「苦心戮力與勾踐深謀二十餘年」呢？如果說張良是為韓報仇，找劉老三如同開頭找大鐵錘，范蠡他為的又是甚麼呢？是不甘寂寞，想露一手呢，還是真的為了苧蘿山下的姑娘呢？

不如賣活人

⌘ 學其短

[獻書魏王]

臣聞趙王以百里之地，請殺座之身。夫殺
無罪范座，座薄故也；而得百里地，大利
也，臣竊為大王美之。雖然，而有一焉，
百里之地不可得，而死者不可復生也，則
主必為天下笑矣。臣竊以為，與其以死人
市，不若以生人市便也。

‖ 范座 ‖

◎ 本文錄自《全上古三代文》卷四。
◎ 范座，一作「范痤」，戰國時相魏王為諸侯（合縱）縱主。趙
　 王欲為縱主，故以百里地請魏殺座。

念樓讀

聽說，趙王願意割讓一百方里土地，請魏王殺掉我。我無罪而可殺，因為無足輕重；得到一百方里土地，卻是很大的利益，該向大王祝賀了。

不過有一點想請大王考慮：如果那邊的土地不交割，這邊的人卻已經殺掉，這場交易豈不虧本了嗎？我想，拿死人去做交易，賣死人，恐怕還不如賣活人穩當吧。

念樓曰

「與其以死人市，不若以生人市」，這話說得真有些驚心動魄。既然已經看清，自己即使貴為相國，生命仍然不過是君王手中的一枚籌碼，隨時可用來交易，又何不赤裸裸地將這個真相說出來，徹頭徹尾揭開平日廟堂之上「君使臣以禮」的那一套，讓利害關係公之於眾呢。這樣既能震動君王，使他明白「百里之地不可得，而死者不可復生」的道理，作出對魏國有利的選擇，范座的命也就得以苟延，可以等待信陵君來解救了。

奏對文和詔令文一樣屬於應用文，一個是下對上，一個是上對下。如今「奏」「詔」之類字面已不常用，文體卻還在應用，前者例如胡風的萬言書，後者便是毛澤東《關於胡風反革命集團的材料》的序言和按語了，可惜太長，只能割愛。

廣義地說，這些也都可算是議論文。而能夠寫得短，加之邏輯性強，理直氣壯，文字生動，故能成為公認的名篇。

反對坑儒

學其短

［諫始皇］

天下初定，遠方黔首未集。諸生皆誦法孔子，今上皆以重法繩之，臣恐天下不安，唯上察之。

‖扶蘇‖

◎ 本文錄自《史記・秦始皇本紀》。
◎ 扶蘇，秦始皇長子，始皇死後被趙高等害死。

念樓讀

國家剛剛統一，外地的民心還沒有歸附。讀書人讀孔子的書，講孔子的學說，好像也沒有甚麼不對，朝廷卻要用嚴法重刑懲罰他們。兒臣恐怕這樣大規模鎮壓會影響國家的安定，懇請陛下加以考慮。

念樓曰

秦始皇二十六年統一天下後說：「朕為始皇帝，後世以計數，二世三世，至於萬世，傳之無窮。」這傳位第一個本該傳給扶蘇，因為他是長子。但扶蘇在心狠手辣這一點上並不肖秦始皇，秦始皇焚書坑儒，扶蘇卻反對這樣做。

扶蘇本是法定繼承人，可是他這種溫和的主張，並不符合秦始皇以暴力鎮壓維持統治的國策。加以胡亥的野心和趙高、李斯等人的構陷，結果他不僅未能接班，還被害死，秦朝也就二世而亡了。

當統治危機深重時，統治階層內部總會出現溫和派，主張在體制內進行改革，主張實行一種比較寬鬆的政策，但結果總是失敗。這一條歷史的教訓，實在非常深刻。

扶蘇是秦始皇的兒子，上書時也得和別人一樣稱「上」稱「臣」。專制政治之扼殺親情、違反人性，在這一點上也看得十分清楚。

請除肉刑

學其短

[上書求贖父刑]

妾父為吏，齊中皆稱其廉平，今坐法當
刑。妾切痛死者不可復生，而刑者不可
復續，雖欲改過自新，其道莫由，終不可
得。妾願沒入為官婢，以贖父刑，使得改
過自新也。

‖ 淳于緹縈 ‖

◎ 本文錄自《全漢文》卷五十七。
◎ 淳于緹縈，臨淄人。淳于意（倉公）之女，曾為父上書，漢
　文帝悲其意，除肉刑法。

念樓讀

小女子的父親淳于意在山東當太倉，名聲一直很好，大家都說他是公正廉潔的，如今卻因犯法要受肉刑。小女子知道，人死不能復生，肉體被毀傷亦無法恢復，今後想重新做人也不能夠了。

小女子心疼父親，懇請免除他的肉刑，願以自身充當公家的奴婢，受苦受累也無怨無悔，只求父親能有改過自新的機會。

念樓曰

從《史記·扁鵲倉公列傳》看，淳于意還精通醫術，他當太倉長應該沒有不廉潔的問題，「坐法當刑」可能是管倉事忙，「不為人治病，病家多怨之者」引起的。

淳于意生有五女，被捕時五個女兒跟着他哭，他罵自己生女不生男，有事無人奔走效力，激發了小女兒緹縈的志氣，於是她陪送父親一直到長安，並且為父親上了這封書。「上（漢文帝）悲其意，此歲中亦除肉刑法。」

肉刑分刺面、割鼻、斷足、閹割、殺頭五種，都要毀傷人的肉體，極不人道。緹縈上書後，文帝詔令廢除了部分肉刑，或以笞杖代之，刑法有了些改良。

緹縈願入為官婢以贖父刑，歷來被譽為孝女。其實這只是對專制統治嚴刑苛法的一次控訴，肉刑亦未全部廢止，後來司馬遷得罪了漢武帝，還是被閹割了。

自告奮勇

學其短

[請使匈奴書]

軍無橫草之功，得列宿衛，食祿五年。邊
境時有風塵之警，臣宜披堅執銳，當矢
石，啟前行，駑下不習金革之事。今聞將
遣匈奴使者，臣願盡精屬氣，奉佐明使，
畫吉凶於單于之前。臣年少材下，孤於外
官，不足以亢一方之任，竊不勝憤懣。

‖ 終軍 ‖

◎ 本文錄自《漢書 · 終軍傳》。
◎ 終軍，漢武帝時人，後出使南越被殺。

念樓讀

臣毫無在草原上建立軍功的經驗，五年來空佔着近衛的編制。值此邊境形勢緊張之際，理應奔赴前方，直接參加戰鬥，卻又缺少訓練，不諳軍事。

聽說朝廷要派人出使匈奴，去進行決定戰或和的最後談判。臣願充當使團的一名隨員，決心不顧個人的禍福，在匈奴國王面前捍衛我漢朝的尊嚴。

臣所恨者，只是被認為年紀輕，資歷淺，缺乏辦事經驗，難以獨當一面，擔負主要的出使任務。

念樓曰

跑官要官的古已有之，終軍自請出使匈奴便是一例。但此人要官有其特點：（一）要的官是個危險的官；（二）要官是要得功不是要得祿，故多豪氣而無奴氣；（三）要官的這份報告寫得好。

終軍是濟南人，《漢書》說他「少好學，以辯博能屬文聞於郡中」，十八歲便被選為博士弟子，到長安上書言事，得到漢武帝的賞識，當上了謁者給事中。從此朝中有事，他總積極發言，屢受嘉獎。當武帝要對匈奴用兵並遣使時，終軍便自告奮勇。

武帝覽書後，即提拔終軍為大夫，令其出使南越。終軍躊躇滿志地說：「願受長纓，必羈南越王，而致之闕下。」但事與願違，長纓雖然在手，縛住蒼龍仍不能不付出代價，二十幾歲的終軍竟於元鼎四年（公元前一一三年）在南越被殺掉了。

疏還是堵

學其短

[奏求治河策]

九河今皆填滅。案經義，治水有決河深
川，而無堤防壅塞之文。河從魏郡以東北
多溢決，水跡難以分明。四海之眾不可
誣，宜博求能浚川疏河者。

‖ 平當 ‖

◎ 本文錄自《全漢文》卷四十九。
◎ 平當，漢哀帝初領河堤事，上此書。

念樓讀

古時黃河下游，分流的河道很多，稱為九河。現在九河堵的堵淤的淤，水只走一條道，光靠修堤就堵不住了。查考文獻，治水也只講疏浚河道，開河行洪，從未講過甚麼修堤堵口。如今河水多從魏郡向東北橫流，河牀難以穩定，就是苦於沒有暢流的水道。

竊以為，天下人多少輩的經驗應該重視；四海之內，通曉水情水性者總是有的。建議朝廷廣泛徵召水利人才，任用主張並能着手疏浚水道的人員。

念樓曰

大禹治水，用的方法就是「疏」——疏浚河道，加深河牀，使水走水路走得快，因而取得了成功。他父親鯀的方法與之相反，是「堙」——水來土擋，不僅難於擋住，而且這些土最後都到了水裏頭，水越來越高，終於「洪水橫流，氾濫於天下」，鯀也以失職被處死了。平當在漢哀帝時上奏，建議「浚川疏河」，用大禹之法治水。此建議兩千多年來卻一直未被採納，以致如今的黃河完全成了一條地上河。

平當的意見雖未被採納，他本人卻沒受絲毫影響，隨即拜相封侯，蔭及子孫了。一九五七年寫《花叢小語》的水利專家黃萬里，不同意按蘇聯專家的設計修三門峽水庫，意見後來被證明正確，卻被打成「極右分子」，比起古人來，真是比竇娥還冤。

一把菜

學其短

[諫妄與人官]

昔明帝時，公主為子求郎；不許，賜錢千萬。左右問之，帝曰：「郎，天官也，以當敍德，何可妄與人耶！」今陛下以郎比一把菜，臣以為反側也。

‖ 陳蕃 ‖

◎ 本文錄自《全後漢文》卷六十三。
◎ 陳蕃，東漢桓帝時為官，有直聲。
◎ 明帝，光武帝子，公元五七年至七五年在位。
◎ 以當敍德，「當以德敍」之意。

念樓讀

七八十年前明帝在位的時候，皇妹館陶公主要求皇上讓她的兒子到中央做郎官；皇上不肯，只給她一千萬錢。有人問為甚麼寧可給她這麼多錢，卻不肯讓她的兒子做個不小不大的「郎」？皇上說：「郎官的位置很重要，得選用德行好的人，不是我的外甥便可以做得的。」

如今陛下卻將此職位視如一把菜，隨便給人。明帝眼中千萬錢不能換的，如今幾斤蘿蔔白菜就換得了；這樣任意貶低朝廷名器的價值，臣以為欠妥。

念樓曰

小時讀《滕王閣序》，有「人傑地靈，徐孺下陳蕃之榻」一句，後來看《後漢書》，才知此榻是為「高潔之士，前後郡守招命莫肯至，唯蕃能致焉」的周璆特置的；但不管怎樣，陳蕃總是個愛才好名的人，也許只有這樣的人，才能上諫書、頂皇帝吧。

君主專制時代，用人本是君主的特權。賢君不胡亂用人，寧可「賜錢千萬」給妹妹，也不讓她那無德無才的兒子做「郎」。《漢書‧百官公卿表》載，「郎，掌守門戶，出充車騎」，雖不算甚麼大官，也是天子身邊的人，自然「以當敘德，何可妄與人耶」，明帝做得不錯。但陳蕃所諫的桓帝卻是一個昏君，將官位視如一把菜，隨便給人，就根本談不到甚麼「敘德」，甚麼「量才」了。

但桓帝容得陳蕃這樣直率的批評，仍屬難得。陳蕃之死，亦出於桓帝死後的宦官之手，與桓帝並無關係。

攻其一點

學其短

［上韋抱事］

太史許芝所舉韋抱，遠不度於古，近不儀
於今。每祭與吏爭肉，自取百斤，猶恨其
少也。

‖ 高堂隆 ‖

◎ 本文錄自《全三國文》卷三十一。

◎ 高堂隆，漢魏時泰山平陽（今山東新泰）人。

◎ 許芝，魏文帝黃初中為太史令。

念樓讀

太史令許芝所舉薦的韋抱，為學治事既不能遵循古聖昔賢的軌範，又不能作為同輩和後進的表率。其個人品格，亦頗貪鄙，每逢朝廷舉行祭典，分祭肉的時候，總要和經手辦事的小吏們爭多少，有時拿去了上百斤，他還嫌少呢。

念樓曰

漢時太史令掌天文曆法，兼管修史，要書讀得多的人才做得。所舉薦的官員，也該是讀書守禮之人，即使還不足以高風雅量博得同僚敬重，又何至於這樣不堪，下作到與分祭肉的小吏說少爭多，「自取百斤，猶恨其少」呢？

高堂隆反對擢用太史令許芝舉薦的這個韋抱，所用的手法，正所謂「攻其一點，不及其餘」。但這一點的確是韋抱的要害，分祭肉是在廟堂之上進行的事情，正該禮讓為先，表現出一點雍容大度；他卻斤斤計較，身分、面子全都不顧，如此自私小器，又怎麼適宜太史令來向皇上舉薦呢？

分肉爭多少，看來只是生活中一小事，但從這類小事上，正可以看得出一個人的品格和氣質，雖似與德才等大端無關，卻也不可忽略。王氏諸郎在郗家來擇婿時「咸自矜持」，只有羲之「在牀上坦腹臥，如不聞」，差別亦很細小，卻成了勝出的理由；宇文士及在宴會上切肉後以餅拭手，唐太宗見之不悅，隨後又見他將此餅捲起來吃掉，才放心委以政事。這類因小見大的故事，都能發人深省。

如何考績

學其短

［上言積粟］

國之所急，惟農與戰。國富則兵強，兵強
則戰勝。然農者，勝之本也。孔子曰，「足
食足兵」，食在兵前也。上無設爵之勸，
則下無財畜之功。今使考績之賞，在於積
粟富民，則交遊之路絕，浮華之源塞矣。

‖ 鄧艾 ‖

◎ 本文錄自《全三國文》卷四十四。
◎ 鄧艾，三國時棘陽（今河南南陽）人。

念樓讀

國家的大事，第一是農耕生產，第二是練兵作戰。只有農業發展，衣食足了，才能練出強兵；有了強兵，戰爭才能取勝。所以農事實在是勝利的根本。孔子說足食足兵，也是將「食」放在「兵」之前。

要解決「食」的問題，就要多產糧，多積糧。因此，就要以地方糧食儲備的多少和人民生活水平的高低，作為幹部考績提升的依據。這樣，有志上進的人，就會把心思放在搞好農村工作，發展農業生產上，拉關係、找門路、請客送禮的自然會少，社會風氣也會變好。

念樓曰

鄧艾是司馬懿的人，《三國演義》結尾詩云，「鍾會鄧艾分兵進，漢室江山盡屬曹」，這「曹」該改成「司馬」或「晉」吧。但鄧艾伐蜀成功，卻被誣斬，夠冤的。

他上言積粟是伐蜀前當兗州刺史時的事，這卻是很對的，尤其是建議「使考績之賞，在於積粟富民」，以糧食產量和農民收入作為考核地方幹部的硬指標，更是絕對正確，正確之至。

聽說如今「跑官要官」之風正盛，高升的官位可以跑得來，要得來，甚至買得來，那就不必扎扎實實，埋頭苦幹，想方設法去提高糧食產量，幫助農民增加收入了。鄧艾如果生在今天，不知會怎樣上言，想想也蠻有味，總不會因此再一次被誣斬吧。

魏與吳

學其短

［諫伐孫權疏］

國賊是曹操，非孫權也；且先滅魏，則吳
自服。操身雖斃，子丕篡盜，當因眾心，
早圖關中，居河渭上游，以討兇逆。關東
義士，必裹糧策馬，以迎王師。不應置
魏，先與吳戰。兵勢一交，不得卒解也。

‖ 趙雲 ‖

◎ 本文錄自《三國志·趙雲傳》注引《雲別傳》。
◎ 趙雲，三國時常山真定（今河北正定）人。

念樓讀

　　當前的大敵是曹魏，不是孫吳；若先擊滅魏國，吳人自會屈服。如今曹操雖死，曹丕卻公然篡漢竊國，漢室臣民無不痛恨。正當出兵討逆，先奪關中，控制黃河和渭水的上游，定能得到中原反曹力量的支持。不應將魏放在一邊，而去攻打吳國。這樣擴大打擊面，是無法速戰速決的。

念樓曰

　　兒時看小說，總是替古人擔憂。看《三國演義》看到「漢王正位續大統」後，放着「廢帝篡炎劉」的曹丕不去對付，卻要興兵伐吳，也替他着急。兩面作戰，向來是兵家大忌，二戰中德國如果不打蘇聯，日本如果不襲珍珠港，可能也不會敗得這樣快。

　　在小說中，第一個「諫伐孫權」的也是趙雲，趙雲的第一句話也是「國賊是曹操，非孫權也」；但下面的「漢賊之仇，公也，兄弟之仇，私也，願以天下為重」，就是小說家言了。

　　趙雲「長坂坡前救阿斗」，乃是一身都是膽的戰將，但他也有遠大的戰略眼光。劉備在聯合誰對付誰和兩面作戰這些大問題上犯錯誤時，他能如此極言直諫，實在可嘉。

　　劉備沒有聽趙雲的話，卻仍然信任他，不像後人對圖哈切夫斯基和彭德懷那樣，也很可嘉。

不能看

學其短

[請不取注記奏]

臣以自古置此，以為聖王鑒戒。陛下但為善事，勿冀臣不書。如陛下所行錯誤，臣不書之，天下之人皆得書之。臣以陛下為太宗文皇帝，乞陛下許臣比職褚遂良。

‖ 魏謩 ‖

◎ 本文錄自《全唐文》卷七百六十六。
◎ 魏謩，唐朝人，魏徵五世孫。
◎ 文皇帝，指太宗李世民。
◎ 褚遂良，唐太宗時為諫議大夫，多次進諫被採納。

念樓讀

陛下每日一言一行，要由擔任拾遺補闕、諫議工作的史臣如實記載，並及時進諫。這「起居注」乃是歷代遺留下來的規矩，目的是使皇上能夠多做好事，少做不好的事。這些記載不能由陛下自己取去看和改，注記工作更不能取消。

陛下該注意的是，自己怎樣多做應該做的事，而不是怎樣使臣只記好事，不記不好的事。陛下如果做了不該做的事、錯誤的事，即使臣不記載，全國臣民人人都可以記載，絕對是瞞天下後世人不住的。

在我的心目中，陛下就是太宗皇帝；希望陛下也能允許我學習褚遂良，做好「起居注」的工作。

念樓曰

魏謨是魏徵的五世孫，唐文宗太和年間中進士後，先後做了右拾遺、右補闕，直言敢諫，「似其先祖」。開成年間轉任起居舍人，拜諫議大夫，專門負責「起居注」的工作。有次文宗派宦官來要取「起居注」去看，魏謨加以拒絕，上了此奏。

文宗覽奏後，召見魏謨，說：「在你之前，我是常常要看一看的。」魏謨說：「那是史臣失職，我豈敢再讓陛下違規；如果注記要經陛下看過，執筆的史臣難免心存迴避，所記的便不會完全真實，怎能取信於後代。」文宗只得讓步。

如今沒有「起居注」了，但新聞報道仍然日日時時在「注」着國家領導人，缺少的只是像魏謨這樣的人。

賞藝人

學其短

[諫賜優伶無度疏]

向者，陛下親禦胡寇，戰士重傷者，賞不
過帛數端。今優人一談一笑稱旨，往往賜
束帛萬錢，錦袍銀帶。彼戰士見之，能不
觖望？士卒解體，陛下誰與衛社稷乎？

| 桑維翰 |

◎ 本文錄自《全唐文》卷八百五十四。
◎ 桑維翰，五代時人，仕於後晉。

念樓讀

從前陛下統軍抗戰時，受重傷的戰士，所得獎賞不過幾匹綢布。現在供陛下娛樂的藝人，一句台詞、一個笑話出了彩，便賜給他成捆的絲綢，數以萬計的金錢，還有錦袍和銀帶。戰士們見到了，難道心中不會不平？如果軍心渙散了，以後陛下又靠誰來保衛國家呢？

念樓曰

歷朝歷代的帝王，國力強盛時「萬國衣冠拜冕旒」，稱「天可汗」；國力衰弱時便以金帛、公主「和番」，稱「兒皇帝」，都明明白白記載在二十一史上。桑維翰做官的後晉朝，石敬瑭是「兒皇帝」，石重貴是「孫皇帝」，他們在契丹面前是兒孫，在本國臣民面前仍然是至高無上的皇帝，盡可以荒淫無度，任意胡來。藝人的「一談一笑」，只要稱了他們的心，「束帛萬錢，錦袍銀帶」，想賞多少便是多少。

藝人在歷史上的社會地位不高，屬於「下九流」，「娼優隸卒」連子弟讀書應試的權利都沒有；收入卻一直有高的，若能「色藝雙絕」，服務到家，一夕萬錢並非難事。這是憑天生麗質和日夜辛勞才能得到的，別人也不該眼紅（戰士見之觖望是另一回事）。不過錢盡可讓他（她）們多拿，名聲上和政治上特別加以恭維則似無必要。將陳寅恪和「粵劇名伶」同時請到高級知識分子座談會上去發言，讓彼此都覺得彆扭，真是何苦。

長樂之道

學其短

[論安不忘危狀]

臣為河東掌書記時，奉使中山，過井陘之險，懼馬蹶失，不敢怠於御轡。及至平地，謂無足慮，遽跌而傷。凡蹈危者，慮深而獲全；居安者，患生於所忽。此人情之常也。

‖ 馮道 ‖

◎ 本文錄自《全唐文》卷八百五十七。
◎ 馮道，五代時瀛州景城（今河北滄州）人。
◎ 河東，唐時河東道領山西及河北、內蒙古一部分。
◎ 中山，今河北定州一帶。
◎ 井陘，為山西進入河北的要隘。

念樓讀

臣在河東任職時，因公往中山，經過井陘，山路十分險峻，於是駕車特別小心，深恐馬失前蹄，車輪偏滑，幸得無事。過山以後，到了大路上，以為平安了，便大意起來，反而出事受了傷。

由此可見，在危急的形勢下，人謹慎小心，便比較安全；在平順的境遇中，人疏忽懈怠，反而易出危險。這乃是人情物理的常態，應該從中吸取必要的教訓，那就是：越是平安順利的時候，越不能忘記危險的存在，越應該提高警惕。

念樓曰

長樂老馮道歷來名聲不佳，因為他「身事四朝」，和傳統倫理觀念的「從一而終」不合。其實他一開頭「為河東掌書記」，就在李存勖手下做事，李建立的後唐只有十四年，接上來的後晉也只十一年，後漢更短，不過四年，後周九年他卻只幹三年便死去了，一共只做了三十二年的官。

五代時軍閥混戰，情形和北洋時期差不多，誰佔了北京誰就當總統、執政、大元帥。不過那時稱皇帝，改國號，換一個人，就稱一「代」了。軍閥們爭的是帝位，國事卻是不管，也管不好。但國事總得有人管，馮道便是管事人之一，而且管得較好，做了不少好事，如校印「九經」。當然他也有他的「長樂之道」，「安不忘危」即是其一。以這點親身體會提醒君王，對雙方都有好處。長樂之道，似乎亦有可取。

拜佛無用

學其短

[諫事佛書]

昔梁武事佛，刺血寫佛書，捨身為佛奴，
屈膝為僧禮，散髮俾僧踐。及其終也，餓
死於台城。今陛下事佛，未見刺血、踐髮、
捨身、屈膝，臣恐他日猶不得如梁武也。

‖ 汪煥 ‖

◎ 本文錄自《全唐文》卷八百七十。
◎ 汪煥，五代南唐人，事後主，為校書郎。

念樓讀

過去梁武帝虔誠地信佛拜佛，刺出血來抄佛經，捨身入寺當和尚，下跪對方丈長老磕頭，解散頭髮鋪在地上讓眾僧踩。這樣做的結果如何呢？結果卻被侯景圍困在台城，活活餓死了。

如今陛下也信佛拜佛，虔誠的程度，似乎還做不到刺血、捨身、下跪、踩髮的程度。那麼以後佛、菩薩給陛下的保佑，也未必會比給梁武帝的還多吧。

念樓曰

李後主乃「詞中帝王」，要他在人世上做帝王本不行，何況他還這樣信佛。當北宋兵臨城下時，他的唯一辦法，就是到佛寺去燒香許願，結果如何，可想而知。

帝王家信佛，本來就滑稽。佛教主張清靜無為，和帝王家的榮華富貴，乃是根本對立、不可調和的，除非像釋迦牟尼那樣，拋棄掉這一切，坐到菩提樹下去，這又豈是李後主這樣的人所能做到的呢？

後主是在「春殿嬪娥魚貫列」的環境中長大的人，不同的是，比起別的帝子王孫來，他還多了一顆詩人的心，在「胭脂淚，相留醉」的氛圍中，能夠生發「人生長恨水長東」的感慨，寫出好詞來。但即使如此，這一片痴情，仍為佛家所戒，佛法不容，祈求南無阿彌陀佛來保護他的小朝廷只能是妄想。

箴銘九篇

低姿態

學其短

[鼎銘]

一命而僂，再命而傴，三命而俯，循牆而
走，亦莫余敢侮。饘於是，鬻於是，以糊
余口。

‖ 正考父 ‖

◎ 本文錄自《左傳・昭公七年》。
◎ 正考父，春秋時宋國人，孔子的祖先。

念樓讀

一接受任命，便恭敬地把頭低；再接受任命，我的頭低得更低；第三次受命，彎下腰深深鞠躬，走路總挨着牆基——能夠這樣做，便沒誰會將我欺。

（這是我家煮粥的鍋，）稠的總煮在這裏頭，稀的也煮在這裏頭，夠吃了便別無所求。

念樓曰

正考父的曾祖弗父何是宋閔公的兒子，本可繼位為國君，卻讓位給了宋厲公。正考父有顯赫的家世，本身又歷佐三代宋君（戴、武、宣），在朝中有很高的地位。但他卻是「恭而有禮」的典型，鑄在自家鼎上的這一銘文，便是他的家訓——他居家處世的格言。

據《左傳》記載，魯國的大夫孟僖子將死時，舉正考父鼎銘為例，說明禮讓是做人的根本，正考父「其共（恭）也如是」，可謂「有明德者」，「若不當世，其後必有達人，今其將在孔丘乎」。

孔丘即是孔子，正是正考父的後人，此時已經三十五歲了。接着孟僖子又交代，要讓他的兩個兒子說（南宮敬叔）、何忌（孟懿子）師事孔子，「學禮焉，以定其位」。

鑄鼎傳世，是只有貴族之家才能辦的事。宋戴公、宋武公、宋宣公三代，正當周宣王二十九年至平王四十二年，即公元前七九九年至前七二九年間，去今已二千八百年，這銘文可算是本書中最古老的一篇文字。

少開口

學其短

[言箴]

不知言之人，烏可與言？知言之人，默焉
而其意已傳。幕中之辯，人反以汝為叛。
台中之評，人反以汝為傾。汝不懲耶？而
呶呶以害其生耶。

‖ 韓愈 ‖

◎ 本文錄自《全唐文》卷五百五十七。
◎ 韓愈，字退之，唐河陽（今河南孟州市）人，古文唐宋八大
　家之一。

● 念樓讀

不能理解你的人，有甚麼必要再對他多說？

能夠理解你的人，不必多說他自然會明白。

當幕僚好發議論，別人會覺得你心腸難測。

對事物稍作批評，別人又說你整人要不得。

難道教訓還不夠，害自己硬要害到頭髮白。

● 念樓曰

箴銘為最古老的文體之一，《禮記》記湯之盤銘曰：

苟日新，日日新，又日新。

這和正考父的鼎銘一樣，都已成為古典。

箴銘通常都有韻，祭文也往往有韻，但一般都將這兩種文體歸於散文而不歸於韻文。祭文有長有短，箴銘則都很短。現在祭文變為悼詞，題詞則可視為箴銘的遺裔，而寫得好的越來越少，堪誦讀的就更少了。

本篇為韓愈三十八歲時所作《五箴》的第二篇。一般認為，「幕中之辯」說的是他在董晉、張建封手下的經歷，「台中之評」說的則是他任監察御史時上疏得罪這件事。

韓愈作《言箴》，警惕自己少開口，因為他已經吃足了自己嘴巴子的虧。但人生了嘴巴總要說話，為了盡自己的責任，爭自己的權利，有時更非說話不可，「夕貶潮陽路八千」終於還是難免。

後有來者

[玉箸篆志銘]

斯去千年，冰生唐時。冰復去矣，後來者
誰？後千年有人，誰能待之？後千年無
人，篆止於斯。嗚呼主人，為吾寶之！

‖ 舒元輿 ‖

◎ 本文錄自《全唐文》卷七百二十七。
◎ 玉箸篆，篆書的一種，筆法圓潤若玉箸，故名，亦以之稱通
　 行的小篆。
◎ 舒元輿，唐東陽（今屬浙江）人，元和進士。

念樓讀

篆書寫得極好的李斯死去以後，過了一千年，到我們唐朝，才又出現一個篆書寫得極好的李陽冰。現在李陽冰又已經死去了，以後還能不能再出現這樣的篆書大師呢？

即使還會出現，恐怕也得在千年以後吧，誰能夠等待如此之久呢？如果千年之後還繼起無人，篆法恐怕也就到此為止了。保存着這六幅李陽冰篆書真跡的主人啊，為我們好好地珍藏着吧！

念樓曰

在這篇銘文之前，舒元輿還寫了篇六百多字的《玉箸篆志》，說他在長安得見「同里客」所得李陽冰玉箸篆真跡，「在六幅素（白綢）」，將其掛於堂上，「見蟲蝕鳥步痕跡，若屈鐵石陷入屋壁，霜晝照着，疑龍蛇駭解，鱗甲活動，皆飛去」。

志文說，李斯的篆書，「歷兩漢三國至隋氏，更八姓無有出其右者」，唯李陽冰「獨能隔一千年，而與秦斯相見」，而且「議者謂冰愈於斯，吾雖未登嶧山（看李斯刻石），觀此（陽冰真跡）可以信矣」。

古時講政治必推堯舜，講道德必推孔孟，講篆書必推李斯，講行草必推王羲之，都把祖師爺立為最高的標準，前無古人，後無來者。林彪說天才的領袖幾百年上千年才出一個，也沒人敢說個「不」字。舒元輿卻不簡單，能為「愈於（李）斯」的李陽冰作銘，說明後有來者。

誰坑誰

學其短

［秦坑銘］

秦術戻儒，厥民斯酷。秦儒既坑，厥祀隨覆。天復儒仇，儒絕而家。秦坑儒邪？儒坑秦邪？

‖ 司空圖 ‖

◎ 本文錄自《全唐文》卷八百八。
◎ 司空圖，字表聖，唐虞鄉（今山西永濟）人。

念樓讀

秦朝的政策專整讀書人，苦的是秦朝的百姓們。

讀書人統統都被活埋了，秦朝的天下也就覆亡了。

萬千百姓為讀書人雪恨，是他們打碎了秦皇的夢。

是秦朝埋葬了讀書人，還是讀書人埋葬了秦朝廷？

念樓曰

秦始皇坑儒的原因，一是怕儒生（知識分子）「為妖言惑亂黔首」（散佈不利於專制統治的思想言論，使得老百姓不聽話），二是盧生、侯生敢逃走不為他求「仙藥」，於是他要殺人泄憤。坑的方法則是先設騙局，利用溫泉製造「瓜冬生實」的假象，讓諸生集中起來討論、爭鳴，然後一舉而坑之。這確實是殘暴而又邪惡的行為，是極權主義的「標誌性事件」。

對於坑儒這件事和坑儒者秦始皇，從來都沒有人說好。只有一位李卓吾，說秦始皇是千古一帝，恭維他。這位先生也不想一想，如果到秦始皇治下去發表不同意見，那就會被腰斬、車裂，或者像儒生那樣集體活埋，怎能留一個全屍造「李卓吾之墓」？《焚書》《再焚書》等著作也會真的成為「焚書」，怎能留到今天？司空圖寫了《秦坑銘》，另外還有首《秦坑詩》，末云：

坑灰未冷山東亂，劉項原來不讀書。

說得真對。君不見，斯大林、貝利亞統治的垮台，亦應歸功於億萬人民通過「體制內的」葉利欽、戈爾巴喬夫發力，與「坑」掉了的古米廖夫等「儒生」其實並無多少關係。

上 天 難 欺

[戒石銘]

爾俸爾祿，民膏民脂。下民易虐，上天
難欺。

‖ 孟昶 ‖

◎ 本文錄於《全唐文》卷一百二十九，原有二十四句，但後來
刻石傳世的只此四句。
◎ 孟昶，五代十國時後蜀後主。

念樓讀

國家給你的每一個錢，都浸透了老百姓的汗和血。

若敢對百姓作威作福，天理和國法你都應該曉得。

念樓曰

此銘文原有二十四句，為五代後蜀國主孟昶所作。宋太宗摘出四句，作為「御製」，後由黃庭堅寫了刻成：

頒行州縣，誡官吏不得貪虐。但據袁糵甫《甕牖閒評》載，有的州縣的老百姓便在這四句的下面各加了一句，成為：

爾俸爾祿，只是不足。

民膏民脂，轉吃轉肥。

下民易虐，來的便捉。

上天難欺，他又怎知。

本來專制政體就是虐下民的，官吏則是「虐下民」的工具。即使出了個把像孟昶這樣的君主，想約束一下手下的官吏，事實上也是不可能的。

抓住今天

學其短

[勸學說]

勿謂今日不學而有來日，勿謂今年不學而有來年。日月逝矣，歲不我延。嗚呼已矣，是誰之愆？

‖ 朱熹 ‖

◎ 本文錄自《朱子文鈔》。
◎ 朱熹，字元晦，南宋婺源（今屬江西）人。

念樓讀

今天不學，還有明天。

今年不學，還有明年。

一天一天，一年一年。

人生易老，青春難延。

晚年追悔，也是枉然。

勸君努力，抓住今天。

念樓曰

七十年前進學堂，勸學的詩文讀過不少。文如「人之立志，顧不如蜀鄙之僧哉」，詩如「讀書之樂樂何如，綠滿窗前草不除」之類，早就記不全了。朱子這一首，卻是至今都還記得，寫得短，又順口，恐怕是它易記住的主要原因。

然而，在我輩普通兒童身上，勸學的作用卻是很渺茫的。從五六歲到十二三歲，大多數人恐怕都有過厭學的時候，我便是這大多數中的一個。先生在課堂上教讀《四時讀書樂》七律四首，學生們私下裏卻在傳誦「春天不是讀書天，夏日炎炎正好眠……」這比甚麼「瑤琴一曲來薰風」「數點梅花天地心」更易記住，很快便可以連環倒背。

說也奇怪，淘氣的那幾年過去以後，卻又自然而然地用起功來了，而且並不是讀《勸學說》和《四時讀書樂》之效。因此我覺得，朱熹這一篇恐怕也起不了醫治懶病的作用，不過可以當作寫得好的短文章讀讀而已。

廉 生 威

學其短

[官箴]

吏不畏吾嚴，而畏吾廉。民不服吾能，而
服吾公。公則民不敢慢，廉則吏不敢欺。
公生明，廉生威。

‖ 曹端 ‖

◎ 本文錄自曹端《月川語錄》。
◎ 曹端，明澠池（今屬河南）人，人稱月川先生。

念樓讀

下級不怕我威嚴，只怕我不要錢。

百姓不相信我精明，只相信我辦事公平。

辦事公平，百姓就不會送禮求情。

不貪不污，下級就不敢馬馬虎虎。

只有公平，眼前才會是一片光明。

只有不貪污，別人才不會罵你是豬。

念樓曰

曹端雖然以理學聞名，但也做過州學正，這是相當於市教育局局長的官。講「廉」「平」是得經過考驗才行的，史稱曹端死在霍州（今山西霍州市）任上，「州人為罷市巷哭」，那麼「民不敢慢」「吏不敢欺」應是事實，這《官箴》他自己總是能夠認真遵守的。

中國社會古來一直是專制的，雖說專制和腐敗是一對孿生子，不民主便不可能有真正的公平和正義，也不可能有普遍的清廉。但道德操守優秀的個人，在任何社會裏總是有的，人數當然沒有真壞蛋和偽君子多。其中一些有名的廉吏、清官，他們的特立獨行和人格力量，永遠值得人們敬佩，包括他們留下的片言隻語，如「公生明，廉生威」。

集句為銘

學其短

［木瘻爐銘］

形固可使如槁木乎，心固可使如死灰乎？
惟我與爾有是乎！

‖ 陳繼儒 ‖

◎ 本文錄自《陳眉公集》。
◎ 陳繼儒，號眉公，明末華亭（今上海松江）人。

念樓讀

外形完全是一段枯木，不是嗎？

其中完全積滿了冷灰，不是嗎？

這樣的東西，只有你才會送、我才會收，不是嗎？

念樓日

這是採用「集句」形式而作的一篇器物銘，全文只有三句。所銘的器物為一木瘦爐，即是利用天然樹瘤為外殼，內加爐膽做成的香爐。

形固可使如槁木，而心固可使如死灰乎？

這兩句是《莊子・齊物論》中的名句。

惟我與爾有是乎！

這一句則是孔子對顏淵講的話，出自《論語》。

用「集句」的形式作詩文，是一種傳統的創作方式，也是文人賣弄自己讀得多、記得住、用得活的一種方法。諸子羣經，記得住不足為奇；用來作玩物的銘文，帶有遊戲的味道，便顯得聰明了。

樹瘤挖成的香爐本極少見，對送來的人說「惟我與爾有是乎」，恰合口吻。而樹瘤之「形」正是槁木，香爐「心」中裝的正是死灰；借莊子和孔子這兩段話「銘」木瘦爐，不僅形容得天衣無縫，由儒、道兩家祖師爺來稱讚香爐這件禪房中的器物，又特別帶有一些調侃的趣味。

第一清官

學其短

[禁饋送檄]

一線一粒，我之名節；一釐一毫，民之脂膏。寬一分，民受賜不止一分；取一文，我為人不值一文。誰云交際之常，廉恥實傷；倘非不義之財，此物何來？

‖ 張伯行 ‖

◎ 本文錄自《清稗類鈔·廉儉類》。
◎ 張伯行，清儀封（今河南蘭考）人。

念樓讀

一粒米，一根紗，不該拿的決不拿；

吃的飯，穿的衣，都是百姓供養的。

對百姓寬一分，天下受益不止一分；

向百姓要一文，我為人便不值一文。

說甚麼往來應酬都是如此，其實是掩蓋自己的無恥；

如果不是不明不白的東西，怎麼會悄悄送來我屋裏？

念樓日

張伯行是康熙整頓吏治樹立的樣板，上諭稱之為「天下第一清官」，這是他任督撫時傳諭府、州、縣官的檄文，亦可算作箴銘。

據公私記載，張伯行的清廉是過得硬的。因為反貪污受賄，他得罪的人多，經手的事也多，在山東曾發倉穀二萬二千多石賑饑，在福建請發帑五萬兩購糧平抑米價，在江蘇時庫銀虧空三十四萬兩，康熙五十年江南鄉試又發生了舞弊大案。不滿他的人有的很有勢力，如總督噶禮便是康熙乳母的兒子，曾多次攻訐他在這些事情上「有問題」。康熙也曾派人徹查，結果證明他一文未取。噶禮等人後來反而都落馬了，因為他們實在禁不起問「此物何來」，當然也還有別的原因（如噶禮的「不孝」）。

書序十四篇

何必從嚴

[循吏列傳序]

太史公曰：法令所以導民也，刑罰所以禁奸也。文武不備，良民懼然身修者，官未曾亂也。奉職循理，亦可以為治，何必威嚴哉？

‖ 司馬遷 ‖

◎ 本文錄自司馬遷《史記・循吏列傳》。
◎ 司馬遷，字子長，西漢夏陽（今陝西韓城）人。

●念樓讀

頒行法令，是為了規範人民的行為；實施刑罰，是為了防止人們犯罪。但是，有些地方，有的時候，刑法雖不很嚴，維持秩序的武力雖不很足，社會還是十分安定，這是甚麼緣故呢？就是因為做官的自己不胡來，辦事講情理，執法能公平。看來國家要穩定，也不一定要天天「嚴打」，事事「從嚴」啊！

●念樓曰

要進行統治，便得講求統治之道。統治之道的精義，則在恰當地掌握「寬」「嚴」二字。

《左傳‧昭公二十年》記述鄭子產的政治遺囑云：「唯有德者能以寬服民，其次莫如猛。」猛就是嚴。

子產的繼任者「不忍猛而寬」，於是「鄭國多盜」；轉而用猛，「盡殺之」，盜就「少止」了。孔子知道以後，深有感慨地說：

政寬則民慢，慢則糾之以猛；猛則民殘，殘則施之以寬。寬以濟猛，猛以濟寬，政是以和。

能夠照孔子說的這樣做，寬嚴（猛）相濟，統治之道得乎其中，「政是以和」，就能夠得到和諧了。

但子產和孔子還忽略了一點，那就是統治執行者——官吏的重要性。官若不能「奉職循理」，政寬時老百姓也得不到多少實惠，從嚴時殘民以逞的事情則會更多。

所謂循吏，即是並不刻意追求政聲政績，卻能夠遵紀守法認真執法的官吏。循吏一多，社會上的亂，也不會大亂。

孝與非孝

學其短

[孝經注序]

《孝經》者，三才之經緯，五行之紀綱。孝
為百行之首，經者不易之稱。僕被難於南
城山，棲遲巖石之下，念昔先人餘暇，述
夫子之志，而注《孝經》。

‖鄭玄‖

◎ 本文錄自《全後漢文》卷八十四。
◎ 鄭玄，字康成，後漢時北海高密（今屬山東）人。
◎ 南城山，在山東費縣，即曾子葬父處。鄭玄遭黃巾之亂，避
居於此。

● 念樓讀

孝是首要的道德，經是永恆的真理。所以《孝經》是最重要的經典，也是規範人倫最根本的準則。

我避難到南城山，住在巖壁下，想念先人，追慕古聖賢，於是，利用閒暇的時間，按照我所領會的孔夫子的見解，作了這部《孝經注》。

● 念樓曰

《孝經》為儒家基本經典之一，從漢代起即列入「七經」。鄭玄是當時的大學者，《後漢書》本傳說，玄所注七經，「幾百餘萬言」，後來我們長沙（原善化）皮錫瑞作《孝經鄭注疏》，收入《四部備要》，寒齋亦藏有一部。

《孝經》原說是曾子所作，「開宗明義章第一」的開頭一句是：「仲尼尻。」鄭注云：

仲尼，孔子字；尻，講堂也。

即使在今天，我們都知道孔子字仲尼，「尻」這字卻多半還要查字典；可見在一千八百年前，鄭玄注經書，對於典籍的流傳普及，確實功不可沒。

《孝經》我沒認真讀過，五四時施存統作《非孝》，我在高中時讀後卻十分贊成。父慈子孝，本只是家庭倫理，此乃是人性的自然流露，本不該「非」它；但傳統宗法社會所提倡的「孝」，卻是下對上的無條件服從，推及於政治（所謂「以孝治天下」），統治者都成了「民之父母」，「天下無不是的父母」，老百姓只有服從的份，這就不能不「非」之了。

寫得漂亮

⚫學 其短

[繁欽集序]

上西征，余守譙，繁欽從。時薛訪車子能
喉囀，與笳同音，欽箋還與余而盛歎之。
雖過其實，而其文甚麗。

‖曹丕‖

◎ 本文錄自《漢魏六朝百三名家集·魏文帝集》。
◎ 曹丕，字子桓，曹操之子，建魏稱帝，謚曰文。
◎ 繁欽，後漢時潁川人，為曹氏父子文學侍從之臣。
◎ 車子，本義是家奴。薛訪車子，指薛訪家一歌童。後即以車
　子泛指歌者。

念樓讀

　　魏王西征，我留守譙郡。其時，繁欽負責管理王府（也就是丞相府）的事務，和我在一起。他發現薛訪所蓄樂隊中，有個歌童的嗓子特別好，能夠發出像笳管那樣的高音，便在寫給我的信中極力形容、稱讚他。雖不免言過其實，但繁欽的文章寫得好，從那時起我便是知道的了。

念樓曰

　　曹丕說繁欽「其文甚麗」，就是說他的來信寫得漂亮。在《文選》卷四十裏，此信題為《與魏文帝箋》，現節抄如下：

　　頃諸鼓吹廣求異妓，時都尉薛訪車子，年始十四，能喉囀引聲，與笳同音。白上呈見，果如其言。即日故共觀試，乃知天壤之所生，誠有自然之妙物也。

　　……及與黃門鼓吹溫胡迭唱迭和，喉所發音，無不響應，曲折沉浮，尋變入節。自初呈試，中間二旬。胡欲慊其所不知，尚之以一曲，巧竭意匱，既已不能。而此孺子遺聲抑揚，不可勝窮，優遊轉化，餘弄未盡……

　　是時日在西隅，涼風拂衽，背山臨溪，流泉東逝，同坐仰歎，觀者俯聽，莫不泫泣殞涕，悲懷慷慨……

的確是寫得漂亮。《典論‧論文》的作者論文，自然一言九鼎。繁欽此作雖難稱「經國之大業」，亦可謂「不朽之盛事」。

還當道士去

學其短

[送張道士詩序]

張道士，嵩高之隱者，通古今學，有文武長材。寄跡老子法中，為道士以養其親。九年，聞朝廷將治東方貢賦之不如法者，三獻書，不報，長揖而去。京師士大夫多為詩以贈，而屬愈為序。

‖ 韓愈 ‖

◎ 本文錄自《全唐文》卷五百五十五。
◎ 韓愈，見頁二三二注。

念樓讀

張道士本來是一位隱居在嵩山之上的高人，於新舊學問均有理解，又有為國家做事的熱心。老子學說只是他人生的寄託，做道士也是為了贍養父母。

元和九年，聽說朝廷作了決定，要處理東部地區拒交國稅的長官，他以為有了為國出力的機會，立刻出山建言，三次上書卻都沒有結果。於是他掉頭回山，仍舊做他的道士去了。

張君臨行時，京城的友人們都作詩相送，並要我為詩集寫了這篇序。

念樓曰

張道士能「通古今學，有文武長材」，當然不會是普通幫人家打醮做水陸道場的道士。朝廷有事，他就自告奮勇，想一試身手；上書沒有結果，又「長揖而去」，像韓愈這樣的名士大夫還寫詩作序，為他送行，可見其不簡單。

古代士人本有「天下有道則見，無道則隱」的說法。「見」就是出場，爭取出現在官場；隱就是隱藏，隱於山林、市廛都行，隱於僧寺、道觀也沒甚麼不可以。總而言之，讀書人那時候還是有選擇的自由的。韓愈自己送張道士的詩云，「既非公家用，且復還其私」。「且復還其私」，就是還當道士去。

我一九五八年被劃為右派後，申請自謀生活，便只能進街道工廠在「羣眾監督」下拖板車。曾申請到麓山寺去種菜，也不行。

酬唱之交

學其短

［吳蜀集引］

長慶四年余為歷陽守，今丞相趙郡李公時鎮南徐州。每賦詩，飛函相示，且命同作。爾後出處乖遠，亦如鄰封。凡酬唱始於江南，而終於劍外，故以吳蜀為目云。

‖ 劉禹錫 ‖

◎ 本文錄自《全唐文》卷六百五。
◎ 劉禹錫，字夢得，中唐詩人，洛陽（今屬河南）人。
◎ 劍外，劍門以外（南）的川西（成都）地區。

念樓讀

長慶四年我在和州當刺史，現在的李相國那時做地方官駐南徐州。他每次寫了新詩，都要用快信寄來，讓我成為第一個讀者，同時還一定要我同他唱和。後來彼此的工作雖然都有變動，仍然跟在鄰境一樣，始終沒有中斷過以詩相往來。

這一卷我和他兩人作的詩，開始於江南，結束在川西，所以題名《吳蜀集》。

念樓曰

長慶四年即公元八二四年，時劉禹錫為和州刺史。和州古稱歷陽。行文喜歡使用古時的地名和稱謂，乃是中國文人的一種習慣。

李公指李德裕。他是趙郡（今河北趙縣）人，長慶二年任南徐州觀察使，轄浙西江南，駐地在京口即今鎮江；太和三年任成都尹、劍南西川節度使；太和五年內召，七年拜相。此人曾權傾一時，是「牛李黨爭」的主角。奇怪的是，牛李又都能文，都有作品傳世。牛和白居易、李和劉禹錫的唱和，都可稱文壇佳話。

相互唱和的詩友飛黃騰達做了宰相，這時候將兩人酬唱的詩結成集子，當然是既風雅又風光的事情。但這件事情如果換由李德裕來做，似乎更得體一些，我以為。

但不管怎樣，這篇小引（序文）寫得既簡短，又將兩人「始於江南，而終於劍外」的「酬唱之交」講得清清楚楚，動情可感，全無趨附「今丞相」的痕跡，是一篇好序。

強　詞　奪　理

學其短

［非國語序］

左氏《國語》，其文深閎傑異，固世之所耽
嗜而不已也。而其說多誣淫，不概於聖。
余懼世之學者，溺其文采，而淪於是非，
是不得由中庸以入堯舜之道。本諸理作
《非國語》。

‖ 柳宗元 ‖

◎ 本文錄自《柳河東集》卷四十四。
◎ 柳宗元，字子厚，中唐時河東（山西永濟）人，古文唐宋八
　　大家之一。

念樓讀

左丘明的《國語》，氣勢恢宏，詞句奇崛，許多人都喜歡讀。但是作為史書，它的敘述頗多失實，觀點同聖人的理論也不一致。讀者如果只陶醉於它的文章，不能清醒地辨明是非，那就會在學術上誤入歧途，偏離孔夫子的思想。因此我根據自己的觀點，寫成了這部《非國語》。

念樓曰

此文只取其簡潔，思想態度則大為我所不喜。說句不好聽的話，它用的簡直就是從前檢查官和後來審讀員的口氣，不過這些人的文章遠遠比不上柳宗元罷了。

《非國語》共六十七節，第一節「非」的是密康公母教康公之言。康公從王出遊，「有三女奔之」，其母教他將三女獻給周王，因為小人物多得美女，則「終必亡」。康公不獻，一年之後，果然被滅掉了。《國語》在這裏不過記述了一個女色亡國的故事，柳宗元卻硬要那位老母親作道德說教，說甚麼「母誠賢耶，則宜以淫荒失度命其子」，豈非強人所難。

史書如果「說多誣淫」，當然是應該辨正的。但「不概於聖」卻不是甚麼缺點，甚至還是它的優點。《非國語》未能考訂多少原作的「誣淫」，卻要勉強原作者和原作中的人物「由中庸以入堯舜之道」，文雖峭厲，也是強詞奪理，並不可取。

委曲求全

［野人閒話序］

野人者，成都景煥，山野之人也。閒話
者，知音會語，話前蜀主孟氏一朝人間聞
見之事也。其中有功臣瑞應朝廷規制可紀
之事，則盡自史官一代之書，此則不述。
故事件繁雜，言語猥俗，亦可警悟於人
者，錄之，編為五卷，謂之《野人閒話》。

┃景煥┃

◎ 本文錄自景煥《野人閒話》。
◎ 景煥，五代時後蜀成都人，後入宋。

念樓讀

這五卷書，我稱之為《野人閒話》。「野人」就是我這個並無官吏身分的草野之民；「閒話」指它並非正式著作，而是朋友之間隨便的談話，談的只限於民間的見聞，不涉及正經的國家大事。

這些都是在前孟氏政權統治下談的和記的，事情也是那時的事情，卻無關那時的政治。我從來就認為，國家大事和地方上的大事，自有史官們去寫去記，用不着我操心。我所感興趣的，不過是自己看到或聽到的社會上流傳的故事。

這些故事來自民間，體例自然比較雜亂，語言也不一定雅馴。但我希望，它們仍能使讀者多少從中得到一些感悟。

念樓曰

此序寫於宋太祖乾德三年三月十五日，時距宋兵攻入成都，蜀主孟昶投降，僅僅兩個來月。

孟氏所建的這個蜀國，史稱「後蜀」，以別於王氏所建的「前蜀」。序文所云「前蜀主孟氏一朝」，乃是「前政權孟氏」的意思，可見作者用詞之謹慎。文中強調自己只記人（民）間聞見之事，不述朝廷規制，也是同一用心。

五代十國中，蜀國和南唐的經濟和文化，都是比較發達的，其比梁、唐、晉、漢中央政權的朱溫、石敬瑭輩對文化和文人重視得多，景煥的《野人閒話》可以為例，而委曲求全，亦可憐也。

詩人選詩

學其短

［唐百家詩選序］

余與宋次道同為三司判官時，次道出其家藏唐詩百餘編，諉余擇其精者，次道因名曰《百家詩選》。廢日力於此，良可悔也。雖然，欲知唐詩者，觀此足矣。

‖ 王安石 ‖

◎ 本文錄自王安石《臨川文集》卷八十四。
◎ 王安石，宋臨川（撫州）人，古文唐宋八大家之一。
◎ 宋次道，名敏求，趙州（今屬河北）人，多藏書。
◎ 三司，鹽鐵、度支、戶部三司，主管國家財政。

⬤念樓讀

和次道同事時，他拿出家藏的唐人詩集，總共有一百多種，要我選編一部《百家詩選》（書名也是他定的）。現在詩選已經編成，想起自己為此付出的時間和精力，多少有些後悔。

不過，人們若要了解唐代的詩，有了這部選集，看它一遍，大概也就差不多了。

⬤念樓曰

十多年前曾將《全唐詩》瀏覽一遍，初步印象是可讀者不到十分之一，而吟誦不能捨去的精品則最多百分之一。如果不做研究，只圖欣賞，讀選本是足夠了。

王安石自己就是一位大詩人，也是我很喜歡的宋詩作者之一。「欲知唐詩者，觀此足矣」，一句話便充分寫出了他的自信。比起如今的人來，既要打腫臉充胖子，又要假惺惺故作謙虛，說甚麼「豈能盡如人意，但求無愧我心」，何止高出百倍。

但《唐百家詩選》卻不是一個成功的選本，並沒有得到廣大讀者的認同。它和清代大詩人王士禛所選《唐賢三昧集》一樣，成了「最好詩人莫選詩」的例證，以致後人編出了這樣的故事：王安石拿別人藏的詩集選詩，不便用墨筆圈選，遂以指甲刻劃，而力透紙背，於是「抄胥」誤抄了不少本來沒選上的詩。王士禛則選定一首，即在其處夾一紙條，只記下這一卷中夾了多少紙條，「抄胥」欺其不會再查看，便將所選的長詩大半換成未選的短詩了。

詩與真實

學其短

［聞鼙錄序］

元豐初置武學，先太師以三館兼判學事。
今學制規模，多出於公，而策問亦具載家
集中。後百餘年，某從子樸作《聞鼙錄》
若干篇，論孫吳遺意，欲上之朝，且乞序
於某。某懦且老，非能知武事者。樸許國
自奮之志，亦某所愧也，乃從其請。

‖ 陸游 ‖

◎ 本文錄自陸游《渭南文集》卷十五。
◎ 陸游，字務觀，號放翁，南宋山陰（今紹興）人。
◎ 先太師，作者的祖父陸佃，字農師。
◎ 三館，廣文、大學、律學三館，主管教育。

念樓讀

元豐初年開辦軍校，我祖父因為在教育部門工作，兼管過那裏的事。現在軍校的學制和規模，大半還是那時定下來的。祖父的遺集中，還保存着有關的文稿。不過這都是百年前的事了。

姪兒陸樸研究軍事，寫了《聞聲錄》這部專著，希望朝廷能夠採用，要我寫序。我的年紀已老，又從來膽小怕打仗，哪有紙上談兵的資格。但陸樸的熱心仍不能不使我感愧，便給他寫了這幾行。

念樓曰

陸游的序跋文，數量頗多，特點也很鮮明，大抵皆能言簡意賅，別有情味。此文從「先太師」寫到「從子」輩，敍說陸家幾代人和「武學」的關係，既有策問「具載家集中」，又有專著「論孫吳遺意」，真可謂淵源有自。

南宋是一個積弱挨打的朝代，而士大夫偏好談兵，表現自己的「許國自奮之志」，此亦一很有意思的現象。人們常說，陸放翁「集中什九從軍樂」，有句如「前年從軍南山南……赤手曳虎毛氄氄」，「頭顱自揣已可知，一死猶思報明主」，很勇敢，不怕死。在這裏，他卻老實承認自己「懦且老，非能知武事者」，並不高唱從軍樂了。兩種說法不一樣，這就牽涉「詩與真實」的問題。我想，詩人在寫詩時，感情總該是真實的；而更真實的，恐怕還是給自己親姪兒寫的序。

題 詩 難

學其短

[觀潮閣詩序]

趙君既成觀潮閣，遍索閣上舊詩刻之，恨
其遺落不盡存也。余觀自昔固有因一題
一詠之工，而其地與物遂得以名於後矣。
若是者何俟多求，而勢亦不能多。至於閱
世次，序廢興，驗物情，懷土俗，必待眾
作粲然並著，而後可以考見，則其不盡存
者，誠可惜云。

‖ 葉適 ‖

◎ 本文錄自葉適《水心集》卷之十二。
◎ 葉適，南宋時永嘉（浙江）人，世稱水心先生。

念樓讀

趙君重建觀潮閣，完工以後，將閣上原有題詩盡可能刊印保存。有些詩失落了，無法收齊，趙君頗為遺憾。

自古以來，由於題詩的原因，使得一地一物名揚天下的固然不少，但這並不在乎題詩的數量。好的詩用不着多，也實在不可能有那麼多。但若不單純從文學角度着眼，而要了解地方的政治沿革、經濟發展、社會變遷、風土民俗，則材料越多越好。任何一篇作品的遺失，的確都是十分可惜的。

念樓曰

壁上題詩亦是中國文人的一種傳統，無論是在閣上還是樓上，以至驛舍和酒店中，都可以題上幾句，既展示了自己，又交結了友朋。宋江潯陽樓題反詩，更是抒發憤懣、釋放壓力的一種方式。

外國詩人沒聽說有這樣到處題詩的，我想他們的鋼筆或鵝毛筆無法在壁上寫，寫上去別人也難得看清楚，恐怕是重要的原因之一。那麼，中國用毛筆蘸墨作徑寸行草的書法，真可與五、七言詩相結合，成為雙絕。

但題詩和書法要能「絕」也難。葉適的序至今還在，觀潮閣上那些詩卻早被遺忘了，即使有葉適為之作序。序文不云乎，一題一詠之工，事實上是「不能多」的；即是足以「驗物情，懷土俗」的詩，也差不多。

當朝的史事

學其短

［今言序］

文獻不足，杞宋無徵；方策尚存，文武未墜。蓋通今學古非兩事也。洛陽少年，通達國體，嘗曰：「不習為吏，視已成事。」予有取焉。述《今言》三百四十四條，藏之故篋中。項甥子長進士錄而觀之，曰：「周官師典常，漢史述故事，盍與《古言》並梓之。」予不能止也。

‖ 鄭曉 ‖

◎ 本文錄自鄭曉《今言》。
◎ 鄭曉，明嘉靖時浙江海鹽人。
◎ 杞宋無徵，《論語》：「子曰，夏禮吾能言之，杞不足徵也，殷禮吾能言之，宋不足徵也，文獻不足故也。」
◎ 洛陽少年，指賈誼。
◎ 項甥，鄭曉的外甥項篤壽，為鄭曉刻印《古言》《今言》等著作。

念樓讀

　　因為文獻缺乏，所以在杞、宋無法考察夏、商的制度；因為檔案還在，所以文王、武王的事跡得以流傳。可見研究當今，須先熟悉歷史，「通今」和「學古」其實是一回事情。少年賈誼論政，曾說過：「沒有做官的經驗，看別人辦公就可以了。」我覺得很對。於是便採輯本朝史事，計三百四十四則，編成了這部《今言》。

　　項家外甥是位進士，抄讀以後說：「《書經‧周官》說『其爾典常作之師』，就是主張用已有的法規指導行為。《漢書》大量輯錄歷史文獻和前人的政論，也是為了以史事為師法。《今言》正可以起到同樣的作用，何不與您著的《古言》一同印行？」

　　於是他就將其印成了這一冊。

念樓曰

　　《今言》六十年來只印過一次，流傳不廣，所述當朝史事三百四十四條，有的卻頗有意思。如第一百六十五條記：

　　正德年間，親王三十位，郡王二百五十位，將軍、中尉二千七百位，文官二萬四百，武官十萬，衛所七百七十二，旗軍八十九萬六千，廩膳生員三萬五千八百，吏五萬五千，其俸祿糧約數千萬石。天下夏秋稅糧，大約二千六百六十八萬四千石，已出多入少……今宗室王、將軍、中尉、主君凡五萬餘，文武官益冗，財安得不盡，民安得不窮哉！

財政收入只有這麼多，而「文武官益冗」，親王、將軍等成倍增加，入不敷出，民窮財盡，爛攤子就只能由李自成來收拾了。

今昔不能比

學其短

[日知錄前言]

愚自少讀書，有所得輒記之。其有不合，時復改定。或古人先我而有者，則遂削之。積三十餘年，乃成一編，取子夏之言，名曰《日知錄》，以證後之君子。

| 顧炎武 |

◎ 本文錄自顧炎武《日知錄》。
◎ 顧炎武，明末清初崑山（今屬江蘇）人，學者稱亭林先生。

●念樓讀

從開始讀書以來，每有心得，我都把它們記下來。後來有了新的認識、新的材料，又加以修改補充。如果發現前人著作中說過了的，便將自己所記的刪去。三十多年，積成了這麼多卷。

《論語‧子張》：「子夏曰，日知其所亡（無），月無忘其所能，可謂好學也已矣。」我不敢自稱好學，但讀書「日知其所無」倒是確實的，故稱之為《日知錄》。

願後來的讀者，能夠加以檢查，予以指正。

●念樓曰

明清之際的學者之中，顧亭林的學術地位，似乎比王船山、黃梨洲還要高些。《日知錄》為其一生精力所注，積三十餘年，乃成一編，《四庫全書總目》謂其學有本原，博贍而能通貫，故引據浩繁，而抵牾者少，非如他人知其一而不知其二者。此評價可謂極高，但若只談這篇序文，我特別佩服的則是這兩點：

第一，一部三十多卷八十餘萬言的大著，作者自謂「平生之志與業皆在其中」，卻只寫了五十六個字的前言。若在今人，喜歡表襮者必會連篇累牘，至少也要用上萬字作自我介紹。

第二，發現別人「先我而有者，則逐削之」。而今之學者則抄襲成風，將別人的成果「拿來」就是。在學術道德上，今昔真不能相比。

以笑代哭

學其短

［笑倒小引］

大地一笑場也，裝鬼臉，跳猴圈，喬腔種種，醜狀般般。我欲大慟一番，既不欲浪擲此閒眼淚；我欲埋愁到底，又不忍鎖殺此瘦眉尖。客曰，「聞有買笑征愁法，子曷效之？」予曰，「唯唯。然則笑倒乎，哭倒也！」集《笑倒》。

‖ 陳皋謨 ‖

◎ 本文錄自周作人校訂的《明清笑話四種》。
◎ 陳皋謨，字獻可，自號咄咄夫，晚明人。

念樓讀

世界本是個笑鬧的劇場，戴的戴鬼臉，跳的跳猴圈，裝的裝腔，獻的獻醜。實在看不下去了，想大哭一場，又不甘心浪費自己的眼淚；老是壓抑着，那痛苦又無法麻醉我的心。

朋友說：苦中作樂，不正是劇場中的常態麼？

那麼，就讓我們同聲一笑，或者同聲一哭吧！

於是編了這部《笑倒》。

念樓曰

笑話本是活在人們口頭上的東西，但形之於筆墨的歷史亦已久長，先秦的諸子羣經中材料便不少。「月攘一雞」和「無故得百束布」的主角，看得出都是鄉村和市井中的人。漢時也還有東方朔現滑稽，王褒作《僮約》。後來思想漸趨統一，廟堂之上容不得開玩笑，笑話成文的就少了。

南宋時國勢最弱，統治者最沒有自信，以至朱熹對「梨渦一笑」都不能容忍，結果讓蒙古人做了皇帝。「道統」崩潰了，元曲盛行，笑話在插科打諢中又興盛起來。明朝政治更黑暗，馮夢龍、李卓吾輩才來編笑話書，《笑倒》也就是卓吾老子輯編的《開卷一笑》十四卷中的一卷。

陳皋謨講得很明白，他「買笑」是為了「征愁」，「笑倒」其實是「哭倒」。黑暗壓迫下，有話不敢說，只好「脫褲子放屁」，發泄一通。古人長歌當哭，這就是以笑代哭。

文人打油

學其短

［啞然絕句自序］

七如詩句，多不成話，卻又好笑。以其不
成話，便當覆瓿；因其多好笑，擱在巾
箱，捨不得糟蹋他了。久之成堆，公然一
集。古云，「下士聞道，大笑之。不笑不
足以為道。」

‖ 曾衍東 ‖

◎ 本文錄自曾衍東《啞然絕句》。
◎ 曾衍東，清山東嘉祥人，自號七道士。

念樓讀

在認真作詩的人看來，這些詩多半都不像樣子，只能稱之為打油詩，本來寫它們也只是為了自己開開心。

不像樣子，就該丟進字紙簍去；可是有時看看，還是覺得開心，於是又捨不得丟。

久而久之，這些捨不得丟的東西，居然成了一集。古人說：咱老百姓，聽到講大道理，反正甚也不懂，只會覺得好笑；如果連笑都不准我們笑，大道理就更加懶得去聽了。

念樓曰

滑稽和詼諧是文學的一種特色，而中國文化中向來缺乏這種分子，總認為它是不登大雅之堂的東西。諧詩的作者張打油、志明和尚等，不是平民便是僧道，若士大夫者，即使有這種才能或興趣，也頂多偶一為之，作為遊戲。

曾衍東為曾子六十七世孫，科舉出身，做過知縣大老爺，卻好作打油詩，而且「公然一集」，《啞然絕句》中《黃鶴樓》一首云：

樓高多少步樓梯，直上高樓遠水低，

畫鶴鶴飛都不見，大江東去夕陽西。

還有《下鄉》一首，是寫自己當官時坐轎子下鄉所遇到的：

絲穗椰竿轎大乘，四圍雪亮玉壺冰，

村姑不識玻璃面，纖手摸來隔一層。

文人打油，自有其意趣，詩中亦少不得此一種。

文論九篇

忌迎合

[韋蘇州論詩]

吳興僧晝，字皎然，工律詩。嘗謁韋蘇州，恐詩體不合，乃於舟中抒思，作古體十數篇為贄，韋公全不稱賞。晝極失望，明日寫其舊制獻之。韋公吟諷，大加歎詠，因語晝云：「師幾失聲名。何不但以所工見投，而猥希老夫之意？人各有所得，非卒能致。」晝大服其鑒別之精。

‖ 趙璘 ‖

◎ 本文錄自趙璘《因話錄》，原無題。
◎ 趙璘，中唐時平原（今屬山東）人。
◎ 韋蘇州，即韋應物，唐詩人，時任蘇州刺史。
◎ 皎然，本姓謝，唐詩僧。

念樓讀

吳興的清晝和尚（皎然）會作近體詩。他去拜訪大詩人韋應物，知道韋喜作古體，便在航船上用心寫了十幾首古詩送上，韋卻不感興趣。他很是失望，第二天只好拿出原來寫作的律詩來。韋一見大喜，反覆吟誦，連聲說好，並對清晝說：

「你不把自己得意的作品拿出來，幾乎將名聲敗壞了。為甚麼要學我的樣迎合我呢？作詩各人有各人的風格，要改也改不了的啊。」

清晝和尚十分高興，從此更加佩服韋應物對詩的眼光。

念樓曰

人們嘲笑東施效顰，邯鄲學步，因為「醜女來效顰，還家驚四鄰」，學步不成，匍匐而歸，都是十分丟臉的事。皎然應該還不至於此。他去見韋應物，自然是希望得到讚賞，因為韋長於五言古詩，所以投其所好，「作古體十數篇為贄」，亦人情之常，不知卻「失其故步」，將自己「工律詩」的長處丟掉了。

無論是作詩還是做人，模仿都是沒有出息的表現；而像皎然開頭那樣迎合，只知順着杆兒往上爬，則不僅沒出息，還會大失其格——文格和人格。好在皎然畢竟還寫得出像樣的律詩，「寫其舊制獻之」，韋應物仍然「大加歎詠」。如今有的「作家」拿不出東西，又想高身價，自然只能一味迎合，捨得不要臉。

意趣同歸

學其短

［書三絕句詩後］

前一篇，梅聖俞詠泥滑滑；次一篇，蘇子美詠黃鶯；後一篇，余詠畫眉鳥。三人者之作也，出於偶然，初未始相知，及其至也，意趣同歸。豈非其精神會通，遂暗合耶？自二子死，余殆絕筆於斯矣。

| 歐陽修 |

◎ 本文錄自《歐陽文忠全集》卷七十三。

◎ 歐陽修，字永叔，謚文忠，北宋廬陵（今江西吉安）人，古代唐宋八大家之一。

◎ 梅聖俞，名堯臣，北宋宣城（今屬安徽）人。

◎ 泥滑滑，竹雞。

◎ 蘇子美，名舜欽，北宋綿州（今四川綿陽）人。

念樓讀

這裏的第一首，是梅堯臣寫竹雞；第二首呢，是蘇舜欽寫黃鶯；第三首呢，是我寫畫眉鳥。

三首詩都是即興之作。作詩時彼此並未溝通，寫成一看，詩的意思和趣味卻十分接近。這難道不說明，我們三個人確實意氣相投、情感相通，詩的風格也是很接近的嗎？

他倆去世後，我就沒有再寫，也沒有人再同我來寫這樣的詩了。

念樓曰

梅聖俞《宛陵集》卷四《竹雞》詩云：

泥滑滑，苦竹岡。雨蕭蕭，馬上郎。

馬蹄凌兢雨又急，此鳥為君應斷腸。

蘇子美《蘇學士文集》卷八《雨中聞鶯》詩云：

嬌騃人家小女兒，半啼半語隔花枝。

黃昏雨密東風急，向此飄零欲泥誰。

歐陽修自己所作的《畫眉鳥》詩見全集卷十一：

百囀千聲任意移，山花紅紫樹高低。

始知鎖向金籠聽，不及林間自在啼。

他們三人確是意趣同歸的好朋友，梅長歐五歲，蘇小歐一歲，卻都死在歐前。歐評二子詩云：「蘇豪以氣轢，舉世徒驚駭；梅窮我獨知，古貨今難賣。」自謂：「語雖非工，粗得其彷彿，然不能優劣之也。」同樣是評說，也同樣充滿了感情。

文章如女色

學其短

[書林和靖詩]

歐陽文忠公極賞林和靖「疏影橫斜水清
淺，暗香浮動月黃昏」之句，而不知和靖
別有詠梅一聯云：「雪後園林才半樹，水
邊籬落忽橫枝」，似勝前句，不知文忠緣
何棄此而賞彼。文章大概亦如女色，好惡
止繫於人。

‖ 黃庭堅 ‖

◎ 本文錄自《山谷題跋》卷二。
◎ 黃庭堅，號山谷，北宋分寧（今江西修水）人。
◎ 林和靖，名逋，北宋錢塘（今杭州）人。

念樓讀

林逋的詠梅詩，歐陽修最稱讚的兩句是：

清淺的池邊，橫斜着幾枝清瘦的花。

朦朧月色中，浮動着些淡淡的香味。

我卻以為：

園子裏雪也下過了，梅樹才慢慢地開始苞蕾。

在園外水邊叢落中，卻伸出了開滿花的枝幹。

似乎更好，不知歐公為甚麼卻沒有看上。

看來，文人的作品，大約也好像女人的容貌，喜不喜歡，全在於看她的人吧。

念樓曰

文章亦如女色，好惡止繫於人。黃庭堅說這話，是在為女性發感慨，也是在為文人發感慨。

撇開這一層言外之意不說，文藝作品在人們心中引起的感受，確實是因人而異的。怡紅院匾額上的題字，賈寶玉說用「紅香綠玉」四字，方兩全其美；賈政卻搖頭道「不好，不好」；賈元春回來，又改作「怡紅快綠」了。

同一個人的感受，也會因時而異。鄭板橋不云乎，「少年遊冶愛秦柳，中年感慨愛辛蘇，老年澹忘愛劉蔣」，這裏似乎沒有甚麼是非高下可分。到底是「暗香疏影」還是「雪後水邊」，我看也可以各取所好。

同 時 異 時

學其短

［跋蘇子美真跡］

同時則妒賢嫉能，異時乃哀窮悼屈，古今殆一律也。使劉元瑜輩見子美詞翰於百年之後，則所謂一網之舉，安知不轉為十襲之藏乎？

‖ 周必大 ‖

◎ 本文錄自周必大《平園集》，原題《跋蘇子美四時歌真跡》。
◎ 周必大，號平園老叟，南宋廬陵（今江西吉安）人。
◎ 劉元瑜，北宋諫官，曾奏劾歐陽修、蘇舜欽（子美）等多人，
　論者以為「此小人惡直醜正者也」。

念樓讀

對於過去的人和文，可以表示同情，加以讚美；對於眼前的人和文，反而特別苛刻，專找岔子，看來從來如此。

蘇舜欽去世一百多年了，當時將他和歐陽修等人視為「朋黨」，加以彈劾，主張一網打盡，進行無情打擊的劉元瑜那一幫人，假如今天還在，見到這份詩歌手稿，恐怕也會像這樣謹敬珍藏、倍加愛護的罷。

念樓曰

周必大這樣說，得有一個前提，就是劉元瑜輩應是能夠識得蘇子美詩歌和書法的美的。如果此輩但以嫉妒、舉報、大批判為能，其實並不識貨，那麼即使「百年之後」，也還會不識貨，不會珍重值得珍重的東西。

這樣的人，如今似所在多有。他們嫉妒、舉報、大批判，又往往不是因為作品有甚麼不好，只是因為作者擋了他們的路，或者不小心在甚麼事情上得罪了他們。這種人在品格上，恐怕還不如劉元瑜。

周必大說「同時則妒賢嫉能，異時乃哀窮悼屈」，這和表揚古人「捨得一身剮，敢把皇帝拉下馬」，卻給眼前想學「海瑞罵皇帝」的人戴上右傾機會主義帽子，倒有異曲同工之妙。

有人則不然，既想攻訐同時的人，又怕遭報復，於是專門對張愛玲、周作人這些「異時」的人開罵，既能譁眾取寵，又沒甚麼後患，其精明遠勝劉元瑜了。

生氣

學其短

[高手畫畫]

高手畫畫，作寫意，人無眼鼻，而神情舉
止，生動可愛。寫影人從而裝點刻畫，
便有幾分死人氣矣。詩文之妙亦爾。若
一七八尺體面大漢，但看其背後，豈不偉
然？掉過臉來，模模胡胡，眼不成眼，鼻
不成鼻，則拙塑匠一泥人耳。微七八尺，
即十丈何為？

‖ 傅山 ‖

◎ 本文錄自傅山《霜紅龕集》，原無題。
◎ 傅山，字青主，明末清初山西陽曲人。

念樓讀

人是活的。寫意高手速寫人像，眼睛、鼻子不必畫出來，動作和神態卻活靈活現。給死人畫遺像的畫匠畫得再逼真、再細緻，因為畫不出生氣，畫出來的則只能是掛在靈堂裏的「標準像」。

文章也貴在有生氣。如果一味要求寫得細緻，寫得「真實」，反而不易寫好。比如一個七尺大漢，只看他的背，豈不十分雄偉？若叫他轉過身，那臉上的眉毛、鼻子未必長得勻稱，長得勻稱也未必能入畫；即使畫得出來，也未必能夠使人覺得美。如果畫成了一個呆頭呆腦的泥菩薩，再高再大，又能給人甚麼印象呢？

念樓曰

看似一則短小精悍的畫論，論的卻是整個的文藝創作，尤其是寫文章。

寫得好的文章有生氣，寫不好便有死人氣，而寫得好寫不好的關鍵，就要看是「高手」還是「拙塑匠」了。

高手畫的人，即使無眼鼻，神情也是可愛的；拙塑匠用心裝點刻畫，五官俱全，還是鼻子不像鼻子，眼睛不像眼睛。事實難道不正是如此麼？

人是活的，人生全是活的，所以才叫生活；貴在順其自然，尊重其自由，千萬別讓「拙塑匠」來裝點刻畫。死人氣確實難聞，那偉然十丈的死人像，最好也不要再來塑造了。

不相同才好

⬤學其短

［題目與文章］

凡事做到慷慨淋漓激宕盡情處，便是天地
間第一篇絕妙文字。若必欲向之乎者也中
尋文字，又落第二義矣。世人有題目始尋
文章，予則先有文章偶借題目耳。猶有悲
借淚以出之，非有淚而始悲也。題目是眾
人的，文章是自己的。故千古有同題目，
並無同文章。

‖ 廖燕 ‖

◎ 本文錄自廖燕《山居雜談》，原無標題。
◎ 廖燕，號柴舟，清初曲江（今廣東韶關）人。

念樓讀

感情爆發需要大肆宣泄的時候，才有可能寫出好的文章。若需要在修辭造句上下功夫，這樣勉強作出來的，頂好也只能是二等品。

許多人都是先有題目再作文章，我則是有了文章再找題目。正好比心中傷悲才流眼淚，不會是有了眼淚才會傷悲。

題目是公共的，文章是自己的。所以只會有相同的題目，不該有相同的文章。

念樓曰

有這樣一個笑話：從前有人去考秀才，初試文章規定要做滿三百字，他無法交卷，灰溜溜地回家了。妻子問他：

「每天讀書，書上盡是字，為甚麼寫不出三百字呢？」

「字倒是在我肚子裏，卻沒法將它們串起來做成文章啊！」

從唐朝到清朝，讀書人像這樣做文章做了一千三百年。出的題目是「率獸食人」，作文章就講率獸食人；題目是「為民父母」，文章就講為民父母。辛辛苦苦把三百字串起來，也只能「代聖賢立言」，寫出來的都是相同的意思。

如今科舉是停開了，但考試還要考。考試之外的文字工作，也還是「命題作文」者多，寫出來的也還是相同的文章。

相同的文章看得太久，實在看厭煩了，總想看到點不相同的才好，此亦人之常情。是的，不相同才好啊！

新舊唐書

學其短

［唐書］

予嘗論《新唐書》不及舊書。蓋矜奇字句，全失本色。又制詔等文詞率皆削去，雖謂事增於前，辭省於舊，遠遜舊書之詳雅矣。

‖ 王士禛 ‖

◎ 本文錄自王士禛《池北偶談》卷十三。

◎ 王士禛，號漁洋，清新城（今山東桓台）人。

念樓讀

我讀《新唐書》，覺得它不如《舊唐書》。因為《新唐書》作者只想把「古文」寫好，反而使資料性、文獻性削弱了。它將許多有價值的詔令、公文大量刪去，雖說寫到的事情有所增加，敍述同一事件的字數有所減少，含金量卻比《舊唐書》低。

念樓曰

《新唐書》二百二十五卷，《舊唐書》二百卷，卷數和總的字數，前者反而更多。趙翼《廿二史札記》云：

> 論者謂新書事增於前，文省於舊。此固歐宋二公之老於文學，然難易有不同者。舊書當五代亂離，載籍無稽之際，掇拾補輯，其事較難；至宋時文治大興，殘編故冊，次第出現……據以參考，自得精詳。

但王氏對新書的批評，仍能從《廿二史札記》中得到佐證，關於紀事的如：

> 僧玄奘為有唐一代佛教之大宗，此豈得無傳？舊書列於「方伎」是矣。新書以其無他藝術，遂並不立傳。

這便是它「遠遜舊書之詳雅」的地方。至於文字這一方面，則：

> 歐宋二公不喜駢體，故凡遇詔誥章疏四六行文者，必盡刪之。

連徐敬業討武后檄這樣「時稱絕作，傳誦至今」的好文章，也都被「省」掉了，可見「辭省於舊」也有流弊。

歐陽修和宋祁等撰《新唐書》功不可沒，劉昫、張昭遠等撰《舊唐書》也功不可沒，如今廿四史中兩者並存，還是比較合理的。

竹軒

［題榜不易］

有求竹軒名於東坡者，久之書匾還之，乃
「竹軒」二字。甚矣，題榜之不易也。余
再入蜀，謁武侯廟，見某中丞題榜曰：「丞
相祠堂」，余深歎其大雅，不可移易。又
吾郡重修歷下亭，或題其榜曰：「海右此
亭古」，亦歎其確，此所謂顛撲不破者也。

‖ 王士禛 ‖

◎ 本文錄自王士禛《古夫於亭雜錄》卷五。
◎ 王士禛，見頁二九二注。

念樓讀

某人用竹材建了座小軒，也可能是在竹林中建了座觀竹的小軒，求東坡給題個匾。過了很久，才題來兩個字：「竹軒」。這兩個字題得真妙，但也可見題名不易。

在四川參觀武侯祠，見某撫台題匾，用杜句「丞相祠堂何處尋」開頭四字——「丞相祠堂」，既切合，又大方，真好。

濟南重修歷下亭，有人題云「海右此亭古」，也是用現成的詩句，竟像為此而作，想改都不能改。

念樓曰

古人筆記雜錄，內容常有重複，此則所記在遲於漁洋一百二十三年後出生的郝蘭皋的《曬書堂筆錄》卷六中亦有記載，係據《艮齋續說》卷八云：

> 西京一僧院後有竹園正盛，士大夫多遊集其間，文潞公亦訪焉，大愛之。僧因具榜乞題名，公欣然許之，數月無耗，僧屢往請，則曰：吾為爾思一佳名未得，姑少待。逾半載，方送榜還，題曰「竹軒」。妙哉題名，只合如此，使他人為之，則「綠篔」「瀟碧」，為此君上尊號者多矣。
>
> ……余謂當公思佳名未得，度其胸中亦不過「綠篔」「瀟碧」等字，思量半載，方得真詮，千古文章事業，同作是觀。

文潞公即文彥博，是蘇東坡同時代的人。我想，北宋時有過這麼回事大約是確實的，二者不過傳聞異辭罷了。而郝君結語尤妙，即作文無他訣竅，只要簡單、本色，便勝過百千綠篔瀟碧了。

文字獄

🔵 **學其短**

[戴南山子遺錄]

《子遺錄》以桐城一縣被賊始末為骨幹,而晚明流寇全部形勢乃至明之所以亡者具見焉,而又未嘗離桐而有枝溢之詞,可謂極史家技術之能。無怪其毅然以明史自命而竊比遷固也,所志不遂,而陷大僇。以子長蠶室校之,豈所謂九淵之下,尚有天衢者耶?

‖ 梁啟超 ‖

◎ 本文錄自梁啟超《飲冰室文集》。
◎ 梁啟超,號任公,清末民初廣東新會人。
◎ 戴南山,即戴名世,因《南山集》被殺。

念樓讀

《子遺錄》的作者戴名世，是因為《南山集》一案而被殺的，此書亦是文字獄一罪狀。它敍述桐城流寇禍亂的史事，對晚明民變的全貌和明朝滅亡的原因，都交代得清清楚楚，卻又並未離開桐城扯到別的地方去，確實是大手筆。難怪他自比司馬遷、班固，敢於以一人之力來編明史，可惜大志未酬，即遭殺害。

比起他來，司馬遷雖然受了宮刑，卻還能寫成《史記》，可算是十八層地獄裏頭僥倖重見天日的了。

念樓曰

清王朝統治的一大罪惡是文字獄。從順治朝起，即有吳季子充軍寧古塔，金聖歎血染蘇州城。康熙時莊氏《明史》一案，逮捕了二千餘人，作者全家十五歲以上男丁盡行斬決，參訂者十四人亦全部處死。戴名世案亦株連三四百人。雍正時汪景祺一首詩「皇帝揮毫不值錢」，即被立斬梟示；查嗣庭出了個「維民所止」的題目，也被戮屍示眾，兒子處斬。到乾隆時，文字獄發案率更高，平均五個月就有一起。胡中藻作「一把心腸論濁清」，蔡顯作「風雨龍王欲怒嗔」，八十六歲老翁劉翺抄錄禁書，都被處死。九十多歲老詩人沈德潛，退休在家，只因編選詩集收入了錢謙益的詩，刻板即被查繳解京銷毀，還派官到其家查抄錢氏詩文，嚇得他「驚懼而死」。

可歎的是，如今的順治、康熙、雍正、乾隆，一個個都成了「光輝形象」，文字獄的記憶卻早模糊了。

詩話九篇〔王士禛〕

詩中用典

學其短

［用事］

作詩用事，以不露痕跡為高。往董御史玉虬（文驥）外遷隴右道，留別予輩詩云：「逐臣西北去，河水東南流。」初謂常語，後讀北史，魏孝武帝西奔宇文泰，循河西上，流涕謂梁御曰：「此水東流，而朕西上。」乃悟董語本此，深歎其用古之妙。

‖ 王士禛 ‖

◎ 本文錄自王士禛《池北偶談》卷十二。

◎ 王士禛，見頁二九二注。

◎ 北魏孝武帝，姓元（拓跋）名修，為南北朝時北魏最後一位皇帝，在位時間為公元五三二年至五三四年。

◎ 宇文泰，北魏軍閥，利用孝武帝西奔，分裂北魏為東魏、西魏，旋毒死孝武帝，改立文帝，自為太師專政。其子宇文覺遂篡西魏為北周。

念樓讀

作詩不能完全不用典。但用典要切合此時此地、此情此景，要變成自己的話說出來，使讀者看不出是用典，才算得高明。御史董公下放到甘肅時，告別友人的詩中有兩句：

被放逐的人要向西北走，

黃河水卻照樣往東南流。

開始都以為只是普通的敍說。後來讀《北史》，見魏孝武帝往長安投靠宇文泰，在黃河邊流着淚對隨從說：「河水仍舊向東流，寡人卻要往西走。」才知董公是在用這個北朝的典故來表現自己無可奈何的心情，不禁深為佩服。

念樓曰

五四先賢提倡文體改革，有「八不」之說，其一便是不用典。其實魯迅那時的詩文，開篇便是「大歡喜」「陳死人」「首善之區」「夜遊的惡鳥」，都是成語典故。不過有的搬來時改砌了一下，和御史董公一樣，做得比較高明。

北魏孝武帝的故事則很悲哀。他離開高歡去投宇文泰，是出虎穴入狼窩。這一點他自己亦未嘗不清楚，所以在黃河邊上說的話還有下半句：「若得重謁洛陽廟，是卿等功也。」果然到長安半年之後，他就被宇文泰毒死了。

詩話實際上也是一種文學評論，但卻是中國獨有的文體，而且都是短文，今從王漁洋（士禛）的作品中選輯九篇。

四句夠了

學其短

［意盡］

祖詠試終南雪詩云云，主者少之，詠對
曰：「意盡。」王士源謂：「孟浩然每有制
作，佇興而就，寧復罷閣，不為淺易。」山
谷亦云：「吟詩不須務多，但意盡可也。」
古人或四句或兩句便成一首，正此意。

‖ 王士禛 ‖

◎ 本文錄自《池北偶談》卷十三。
◎ 祖詠，盛唐詩人，其《終南望餘雪》詩云：「終南陰嶺秀，積
　雪浮雲端。林表明霽色，城中增暮寒。」

念樓讀

過去的應試詩，規定作五言六韻（兩句一韻，六韻就是十二句），多則八韻，少則四韻。祖詠《終南望餘雪》卻只作兩韻，成了一首五絕。主考官怪他作得太少，他答道：

「意思已經說完，四句夠了。」

後來王士源說：「孟浩然寫詩全憑興致，他寧可不寫，也不用平庸的語句湊數。」黃庭堅說：「詩不必寫得太多太長，把心裏想寫的寫出來了就行。」都是同樣的意思。

只要意思好，寫得好，又何必硬要多少句呢？

念樓曰

詩純粹是抒發個人情感的，為了完成任務，或者執行指示，是寫不好的，所以「應制」和「賦得」極少有好詩。錢起《省試湘靈鼓瑟》，能寫出「曲終人不見，江上數峯青」，只是極個別例外。

祖詠是先有了「意思」，後碰上題目，才寫了這四句。還有不到四句便成佳作的，如「風蕭蕭兮易水寒」和「樂莫樂兮新相知」，均非應試之作。錢鏐的：

陌上花開，可緩緩歸矣。

極富詩意，卻不是詩。小林一茶的俳句：

不要打哪，蒼蠅在搓他的手搓他的腳呢。

先後為苦雨齋和萬荷堂所激賞，但非我族類，也不能算。

盛唐不可及

學其短

[桃源詩]

唐宋以來，作桃源行最傳者，王摩詰、韓
退之、王介甫三篇。觀退之、介甫二詩，
筆力意思甚可喜。及讀摩詰詩，多少自
在。二公便如努力挽強，不免面赤耳熱。
此盛唐所以高不可及。

‖ 王士禛 ‖

◎ 本文錄自《池北偶談》卷十四。
◎ 王摩詰等三篇，二王的詩題都叫《桃源行》，韓愈的詩題叫
《桃源圖》。

念樓讀

　　唐宋詩人，以桃花源為題的不少，最著名的，是王維、韓愈、王安石的三篇。

　　我讀韓愈的「種桃處處惟開花，川原近遠蒸紅霞」，王安石的「世上那知古有秦，山中豈料今為晉」，覺得意思都好，筆力也雄健。但作者總好像用全力拉硬弓，雖然弓開如滿月，總免不了有些面紅氣喘。

　　而讀王維詩，從「漁舟逐水愛山春」起，到「春來遍是桃花水，不辨仙源何處尋」，都如行雲流水，自由自在，全是美的享受。

　　盛唐的最高成就，真是難得趕上。

念樓曰

　　恭維好作品，稱之為「力作」，不知始於何人，料想王漁洋不會同意。我也以為，作者未必會喜歡別人多看他使盡全身氣力的樣子，尤其在創作的時候。

　　苦吟詩人有的自稱「兩句三年得，一吟雙淚流」，如果不是藝術的誇張，也可說是用力作詩了。但這力只應該是心力，對月推敲，閉門覓句，當然需要付出。若無天分和情趣，不要說「捻斷數莖鬚」捻不出好詩，就是頭髮鬍子一把抓，霸蠻扯下一大把來，亦難充數。

　　「文章本天成，妙手偶得之。」這當然不容易，卻不是光憑「力作」能「得」的。我輩凡庸，還是別「枉拋心力作詞人」為好。

雪裏芭蕉

學其短

［王右丞詩］

世謂王右丞畫雪中芭蕉，其詩亦然。如「九江楓樹幾回青，一片揚州五湖白」，下連用蘭陵鎮、富春郭、石頭城諸地名，皆寥遠不相屬。大抵古人詩畫，只取興會神到。若刻舟緣木求之，失其指矣。

‖ 王士禛 ‖

◎ 本文錄自《池北偶談》卷十八。

◎ 「一片揚州五湖白」，接下去是「揚州時有下江兵，蘭陵鎮前吹笛聲，夜火人歸富春郭，秋風鶴唳石頭城……」見王維《同崔傅答賢弟》詩。

念樓讀

王維是大詩人，又是大畫家。他畫雪景，雪裏的芭蕉長着大大的葉片，這實際上是不會有的。

他的詩也有同樣的情形，比如：

九江地方的楓樹啊，青了又變紅，

揚州的月亮，將五湖的煙水照明。

九江、揚州都是實有的地名，接下去一連串蘭陵、富春、石頭城，也是地名。可這些地方相隔既遠，和詩中的景物、事件亦看不出有何聯繫。當作紀遊詩或敍事詩看，有的人便覺得他寫的不符合實際。

其實，詩和畫所表現的，不過是詩人和畫家心靈創造的意境，不必都要寫實。王維如果只描繪人人習見的雪景，只按照旅遊路線歷述地名，就不是王維了。

念樓曰

繪畫不等於照相，作詩不等於寫報告文學，現代的人好像都能明白，但亦未必盡然。「現實主義」對於雪裏芭蕉，也是很有可能審查通不過的。而換了日丹諾夫的「社會主義現實主義」即「革命浪漫主義」，則又會要雪裏芭蕉結出一串串又肥又大的香蕉來。

放詩歌衛星，壓倒王維超李白，儘管亂喊。真中了邪，以為人有多大膽，地有多高產，則非砸鍋不可。

說蘇黃

✦學其短

［論坡谷］

許彥周詩話云：「東坡詩不可輕議。詞源
如長江大河，漂沙捲沫。枯槎束薪，蘭舟
繡鷁，皆隨流矣。珍泉幽澗，澄澤靈沼，
無一點塵滓，只是體不似江河耳。」林艾
軒論蘇黃云：「譬如丈夫見客，大踏步便
出去。若女子便有許多妝裹。此坡谷之別
也。」

‖ 王士禎 ‖

◎ 本文錄自《池北偶談》卷十八。
◎ 鷁，一種水鳥，常畫在船頭上，後即用牠來指講究的船。

念樓讀

「蘇東坡的詩不乏小毛病，卻不能輕易批評它。就像長江大河，當然會挾帶泥沙，捲起泡沫。在它的水面上，既有精美的遊艇航行，也漂浮着破爛雜物。若是好環境中的一眼井泉，一處池塘，一條山澗，水當然很清，甚至沒有一點雜質，但它們的規模和氣勢，又怎能和大江大河相比呢？」這是許彥周的評說。

「男子漢去會朋友，提起腳便走。如果是女士們，便少不得梳妝打扮，費多少力氣。這就是蘇東坡和黃山谷的不同。」林艾軒也這樣說。

念樓曰

這裏說的，也就是通常所謂大家和名家的區別。蘇軾毫無疑問是大家，他的作品多，讀者多，議論的也多。作品多了，當然不可能首首都好；挾帶的泥沙，漂浮的雜物，更難逃習水者的眼睛。但這些東西畢竟無礙江河的寬廣深長，更阻滯不了波濤的洶湧澎湃。

黃庭堅的文學成就，總的說來稍遜於蘇，其實也是大家。林氏的評論，我以為欠妥，尤其是將其女性化，更有點不倫不類。若將翁卷、葉紹翁等小名家拿來跟蘇軾比，似更適當。「子規聲裏雨如煙」和「應憐屐齒印蒼苔」等句，真有如「珍泉幽澗」，可烹茶，可濯纓，更可欣賞。但要滌蕩心胸、浮沉天地，那就只能求之於長江大河了。

多餘的尾巴

學其短

［柳詩蛇足］

余嘗謂柳子厚「漁翁夜傍西巖宿」一首末
二句蛇足，刪作絕句乃佳。東坡論此詩亦
云：「末二句可不必。」

‖ 王士禛 ‖

◎ 本文錄自王士禛《分甘餘話》卷一。

念樓讀

柳宗元所作七古《漁翁》的前四句，寫人在景中：

漁翁夜傍西巖宿，曉汲清湘然楚竹。

煙銷日出不見人，欸乃一聲山水綠。

豈不是一首極妙的七絕？不知為甚麼要加上：

回看天際下中流，巖上無心雲相逐。

便近乎畫蛇添足了。好像記得蘇東坡在談柳詩時，也說過最後這兩句可以不要，看來像一條多餘的尾巴。

念樓曰

柳宗元為唐宋八大家之一，詩名也極高，《漁翁》又是他的代表作。王漁洋卻認為後兩句是累贅，給他刪掉了全詩的三分之一。我覺得，作為在評詩說詩時示例，漁洋的刪是刪得高明的，我也是能夠接受的。

現在有的批評家，似乎只會對新作者新作品提意見，尤其是在這作者作品的「傾向」出了問題，或者和他有了明的暗的「過節」的時候。而對於已經有了「歷史地位」的前輩們，卻總是寧可恭維，不加得罪。有誰敢對「偉大作家」提意見，也立刻被同聲斥為「砍旗」。觀乎此，則漁洋復乎遠矣。

東坡批評《漁翁》末二句的文字，我未見到。他在《書鄭谷詩》中極讚前四句，以為「殆天所賦，不可及也」，雖未明說末二句多餘，意思卻也十分清楚明白。

含蓄

學其短

[貴有節制]

凡為詩文，貴有節制；即詞曲亦然。正調
至秦少游、李易安為極致，若柳耆卿則靡
矣。變調至東坡為極致，辛稼軒豪於東
坡，而不免稍過；若劉改之則惡道矣。學
者不可以不辨。

∥ 王士禛 ∥

◎ 本文錄自王士禛《分甘餘話》卷二，原題《詩文詞曲貴有節制》。
◎ 秦少游名觀，李易安名清照，柳耆卿名永，辛稼軒名棄疾，劉改之名過，都是宋代著名詞人。

念樓讀

作詩寫文章，都要力求含蓄；填詞作曲，也是一樣。

詞的風格，主流一派提倡婉約，秦觀和李清照是最含蓄的；柳永的描寫雖然曲折細緻，卻嫌過於鋪張渲染，品格不是太高。

非主流一派則追求豪放，蘇軾首開風氣，做得最好；辛棄疾豪氣更足，偶爾偏粗；劉過有幾首，為顯示粗豪而故作淺易，毫無蘊蓄，最為差勁。

學詞的人，得弄明白這些區別。

念樓曰

詞本是合樂的歌，專寫男女之情。但寫情也有高下之分，含蓄還是不含蓄，有時的確可以作為區分高下的分界線。如秦觀的「郴江幸自繞郴山，為誰流下瀟湘去」，李清照的「惟有樓前流水，應念我終日凝眸」，拿來比柳永的「師師生得豔冶，香香於我情多，安安那更久比和，四個打成一個」，高下豈不分明？

到了蘇軾，才把詞當作詩來作，加上他個人的風格，言情也帶幾分豪氣，如「縱使相逢應不識，塵滿面，鬢如霜」，不作喁喁兒女態，卻同樣是很含蓄的。辛棄疾豪氣十足，好詞亦多，「老子平生，原自有金盤華屋」，便有點嫌粗。若劉過的「臣有罪，陛下聖，可鑒臨，一片心」，毫不含蓄，專喊口號，便難說是好詞，雖然是在歌頌岳飛，政治第一。

創作自由

學其短

[評詩之弊]

胡應麟病蘇黃古詩不為十九首、建安體，
是欲紲天馬之足作轅下駒也。

‖ 王士禎 ‖

◎ 本文錄自《分甘餘話》卷四。

念樓讀

胡應麟評詩，說蘇東坡、黃山谷的古體詩，不學《古詩十九首》和建安七子，是他們的缺點。這個說法不對。

沒有獨創，便沒有好的作品和好的作家。蘇黃之所以為蘇黃，正因為他們能不受《古詩十九首》和建安七子的束縛，別出蹊徑。胡應麟這樣說，簡直像將挽具往純種賽馬的身上套，硬要牠們跟駕轅的騾子「拉幫套」。

念樓曰

胡應麟，明代文學批評家，著有《少室山房筆叢》。

《古詩十九首》和以三曹為代表的建安諸人，確實是「五言之冠冕」(劉勰語)，「幾乎一字千金」(鍾嶸語)。但即使如此，也不能說後人寫作就必須學他們，必須走他們的路。

創作最重要的是要自由，要如天馬行空，不受拘束。「作轅下駒」，車轅架着，韁繩套着，口鐵銜着，鞭子抽着，主人喝罵着，只能「令行禁止」，那就沒有甚麼自由了。

作家屬於自由職業者，以文作飯，硯田無稅，本應該是自由的。《古詩十九首》作者不可考，若建安七子，雖食曹家（名為漢家，實是曹家）俸祿，不得不歸曹家管，孔融還被曹操殺了，但即使是孔融作詩文，也不必奉承曹氏父子的意旨，事先請示批准。

只有到了日丹諾夫、蘇斯洛夫管文藝的體制之下，作家才會痛感沒有創作自由，古米廖夫被槍斃，帕斯捷爾納克得了諾貝爾獎也不敢去領。

得其神髓

學其短

［勿襲形模］

顏之推標舉王籍「蟬噪林逾靜，鳥鳴山更幽」，以為自《小雅》「蕭蕭馬鳴，悠悠旆旌」得來。此神契語也。學古人勿襲形模，正當尋其文外獨絕處。

‖ 王士禎 ‖

◎ 本文錄自王士禎《古夫於亭雜錄》卷六。

◎ 顏之推，南北朝時人，入北齊為官，後入北周，有《顏氏家訓》二十篇。

◎ 王籍，南北朝時梁人，《梁書》稱其七歲能文，「至若耶溪賦詩，其略云，蟬噪林逾靜，鳥鳴山更幽，當時以為文外獨絕」云云。若耶溪在今浙江紹興境內。

念樓讀

顏之推在他的《顏氏家訓·文章篇》中，很是欣賞王籍《入若耶溪》詩中的兩句：

> 樹林裏單調的蟬聲在久久地訴說着寂寞，
>
> 忽聽幾聲鳥叫才覺得此山中是多麼清幽。

寫出了喧鬧中的寂靜，用的是《詩·小雅·車攻》的寫法，如：

> 佇聽那戰馬在仰天長嘶，
>
> 凝望着軍旗在空中飛舞。

其實《車攻》寫的是軍旅，王籍寫的是山林，絕不相同，表現的方法卻是一樣。可見學古人要學他的精神，得其神髓，不必襲用他的題材和字句。若僅得其皮毛，那就差勁了。

念樓曰

顏之推認為，讀文學作品，最要緊的是對作者的用心要有所理解。他先舉出江南文士對王籍兩句詩的評論，或「以為不可復得」，或「言此不成語，何事於能」，然後道：

> 《詩》云，蕭蕭馬鳴，悠悠旆旌。《毛傳》云，言不喧譁也。吾每歎此解有情致，籍詩生於此意耳。

可謂善解人意，因為他能體貼人情，而不是拿甚麼「義法」來作機械的「分析」。

《梁書》曾為王籍列傳，說他七歲能文，有集行世，可是卻只有這兩句流傳下來。看來竹帛紙張並不能使作品不朽，能得到理解者如顏君的讚賞，才得以流傳。

書名題籤：鍾叔河

念樓學短

第一冊

鍾叔河 ＼ 著

責任編輯　　　　鍾昕恩
裝幀設計　　　　陳淑娟
排　　版　　　　漢圖美術設計
印　　務　　　　劉漢舉

出版 / 中華書局（香港）有限公司

香港北角英皇道四九九號北角工業大廈一樓 B
電話：（852）2137 2338　　傳真：（852）2713 8202
電子郵件：info@chunghwabook.com.hk
網址：http://www.chunghwabook.com.hk

發行 / 香港聯合書刊物流有限公司

香港新界大埔汀麗路三十六號
中華商務印刷大廈三字樓
電話：（852）2150 2100　　傳真：（852）2407 3062
電子郵件：info@suplogistics.com.hk

印刷 / 美雅印刷製本有限公司

香港觀塘榮業街六號海濱工業大廈四樓 A 室

版次 / 2020 年 6 月第 1 版第 1 次印刷
©2020 中華書局（香港）有限公司

規格 / 16 開（210mm×150mm）
ISBN / 978-988-8675-77-7